Iris Lemanczyk & TiNO

Stern über Afrika

HORLEMANN

Für Joseph Omondi

Bibliographische Information der Deutschen Nationalbibliothek:
Die Deutsche Nationalbibliothek verzeichnet diese Publikation
in der Deutschen Nationalbibliographie;
detaillierte bibliographische Daten sind im Internet
abrufbar: http://dnb.d-nb.de

Umschlag: Till Kaposty-Bliss, Berlin
Illustration: Katharina Schmidt, Frankfurt/Main
Satz: Marina Siegemund, Berlin
Druck: Clausen & Bosse, Leck

E-Mail: info@horlemann-verlag.de
Internet: www.horlemann.info

ISBN 978-3-89502-353-8

Inhalt

Die Sonne steht hoch am Himmel. Juli, François, Michael und Nango sitzen entspannt auf der Ladefläche des Pick-up. Die üppige Landschaft Kenias zieht an den Reisenden vorbei. Obwohl die Piste staubig und recht abenteuerlich ist, meistert ihr Fahrer jedes Schlagloch. Joseph Omondi hat seinen Wagen fest im Griff.

Neben Joseph Omondi sitzt sein Gehilfe. Ein schweigsamer Junge von vielleicht 13 oder 14 Jahren. Seine Aufgabe ist es, die Reisenden mit Tee und Sandwiches zu versorgen. Während der Rastpausen hat Juli bereits mehrfach versucht, mit ihm ins Gespräch zu kommen. Doch jedes Mal hat er sich schüchtern zurückgezogen. Was in dem verschlossenen Jungen wohl vorgeht? Nicht einmal seinen Namen kennt sie bisher.

Juli, François und Michael unterhalten sich lebhaft. Sie freuen sich auf ihren nächsten bevorstehenden Bootsausflug.

»Auf dem Fluss könnt ihr Krokodile streicheln und auf einem Flusspferd reiten«, verspricht Nango, ihr Führer, augenzwinkernd.

Natürlich ist das nicht ernst gemeint. Flusspferde gehören zu den gefährlichsten Tieren des afrikanischen Kontinents. Die reizbaren Tiere können mühelos ein Boot zum Kentern bringen. Doch auf Nango meinen sie sich verlassen zu können. Schließlich hat er sein Handwerk auf dem Sambesi erlernt. Das ist immerhin der viertgrößte Fluss Afrikas.

Gegen Abend will die Gruppe ihr Ziel erreichen. Dort am

Fluss wartet ein gemütliches kleines Ferienhaus auf sie, wo sie die Nacht verbringen werden. Eine interessante Reise durch den schönsten Nationalpark Kenias liegt bereits hinter ihnen. Dort trafen sie zufällig Michael aus Namibia. Noch nie hatten die drei so viele Tiere in freier Wildbahn gesehen: Giraffen, Zebras, Antilopen und sogar wilde Elefanten. Nur ein Nashorn hatten sie nicht zu Gesicht bekommen. Schade. Aber wer weiß, vielleicht hätten sie Glück und auf dem Weg zum Fluss würde ein Nashorn ihren Weg kreuzen?

Da hält der Pick-up abrupt. Die Reisenden werden auf der Ladefläche hin und her geschüttelt. Joseph Omondi öffnet die Fahrertür. Er deutet aufgeregt in die Ferne. Am Horizont zeichnen sich die Umrisse eines Tieres ab. Die Reisenden kneifen die Augen zusammen, um es besser sehen zu können.

»Ein Nashorn!«, ruft Juli. »Seht nur, dort ist ein Nashorn!«

Was für ein Glück – ein Nashorn in freier Wildbahn! Sofort kramen die drei Reisenden ihre Kameras hervor. Nur Joseph Omondi und sein junger Helfer blicken ernst in Richtung des Tieres.

»Wir dürfen dem Nashorn nicht zu nahe kommen«, warnt ihr Fahrer.

»Im Nationalpark begleitete uns ein Wildhüter mit einem Gewehr. Jetzt sind wir unbewaffnet.«

Juli und François werfen sich einen Blick zu. Bislang war ihnen auf ihren Afrika-Reisen nichts Gefährliches widerfahren. Sie zoomen das Nashorn mit ihren Kameras heran und schießen ein Bild nach dem anderen.

»Man könnte fast meinen, das Nashorn steht direkt vor uns«, sagt Michael.

»Ein gewaltiges Tier«, betont Juli.

»Der Koloss wiegt mindestens dreieinhalb Tonnen«, pflichtet ihr François bei.

»Stellt euch vor, das Nashorn würde mit seinen Hörnern unseren Pick-up rammen«, sagt Michael. »Der würde unser Auto glatt umstürzen.«

Für einen Moment blicken die drei nach oben zu ihrem Fahrer. Er war zwischenzeitlich mit seinem Gehilfen auf das Dach des Autos geklettert.

Joseph Omondi sieht angespannt in Richtung des Tieres. Dann wendet er sich den Reisenden zu.

»Nashörner verteidigen ihr Revier nicht nur mit ihren Hörnern«, sagt er. »Nashörner können auch kräftig zubeißen.«

Juli schaudert bei dem Gedanken, von einem Nashorn gebissen zu werden. Wie François und Michael blickt auch sie wieder durch den Sucher ihrer Kamera. Doch das Nashorn ist weg. Zu schade.

»Da!«, ruft Nango plötzlich. »Hinter uns auf der Straße.«

Fünf Köpfe drehen sich in die angegebene Richtung. Durch das hohe Gras hatte sich das Tier ihrem Auto unbemerkt genähert.

Joseph Omondi erkennt sofort die Gefahr. Nashörner greifen Menschen nur selten an. Aber dieses Tier hat genau diese Absicht. Daran besteht kein Zweifel. Mit hoher Geschwindigkeit nähert sich das Nashorn dem Pick-up. Hastig klettern Joseph Omondi und sein Gehilfe zurück ins Wageninnere.

»Festhalten!«, ruft ihr Fahrer.

Er versucht den Wagen zu starten. Das Nashorn kommt näher. Juli knipst wie besessen ein Bild nach dem anderen. François und Michael sind starr vor Schreck. Nango kauert mit offenem Mund in einer Ecke. Er erwartet den Angriff des Kolosses. Nur noch wenige Meter trennt das Nashorn von der Reisegruppe. Endlich springt der Motor an. Mit aufheulendem Motor setzt sich das Auto in Bewegung. Für einen Moment scheint es, als könne ihr Fahrer den Koloss abhängen, doch das Tier ist bereits zu nah an das Gefährt herangekommen. Juli lässt die Kamera sinken und schreit auf. François reißt Juli zurück. Im nächsten Moment gibt es einen Schlag. Es folgt ein knirschendes Geräusch, das durch Mark und Bein geht. Vor Julis Augen beißt das Nashorn in die Tür der Ladefläche. Es ist die Stelle, an der sich Juli noch vor wenigen Sekunden mit der Hand festgehalten hat.

Der Pick-up gerät ins Schlingern. In eine Staubwolke gehüllt verlässt er die sichere Piste und rast zwischen Büschen und Dornenhecken hindurch. Joseph Omondi bekommt das Auto wieder unter Kontrolle. Er drückt das Gaspedal durch und fährt aufs Geratewohl durch meterhohes Gras. Das Nashorn nimmt die Verfolgung auf. Ihr Fahrer weiß, dass ein Nashorn eine Spitzengeschwindigkeit von 50 Kilometern erreichen kann. Doch auf dem unwegsamen Gelände kommt der Pick-up nicht allzu schnell voran.

Ein erneuter Schlag trifft das Auto. Im gleichen Augenblick fährt der Pick-up über eine Bodenwelle. Für Sekunden scheint ihr Auto in der Luft zu schweben. Mit einem gewaltigen Krachen kommt der Wagen auf dem Boden auf. Joseph Omondi weicht weiteren Hindernissen aus und trotz aller Widrigkeiten gewinnt der Pick-up an Fahrt. Kein Zweifel, Joseph Omondi ist ein ausgezeichneter Fahrer. Er umklammert das Lenkrad mit eisernen Händen. Der Pick-up schaukelt hin und her. Nur mit Mühe können sich Juli, François, Nango und Michael an den Seitenwänden des Pick-up festhalten. Die Zeit scheint still zu stehen. Keiner weiß, wie lange sie durch das unwegsame Gelände rasen.

Schließlich kehren sie auf die staubige Straße zurück. Mühselig arbeitet sich ihr Gefährt eine kleine Anhöhe hinauf. Ein paar Meter noch, dann geht nichts mehr. Der Pick-up steht still. Von dem Nashorn ist nichts mehr zu sehen.

Die Reisenden klettern benommen von der Ladefläche und taumeln an den Straßenrand. Zum Glück hat sich niemand ernsthaft verletzt. Ein paar blaue Flecken und Hautabschürfungen, sonst ist nichts passiert.

Joseph Omondi und sein Gehilfe betrachten die Schäden am Auto. Nun erkennen sie, warum sich der Pick-up zuletzt so schwerfällig bewegte. Offensichtlich war der rechte Vorderreifen gegen ein Hindernis gefahren. Nun hängen die Reifenteile in Fetzen von der Felge.

Auch das Blech der Ladefläche ist beschädigt. Die kräftigen Kiefer des Nashorns haben ganze Arbeit geleistet.

Joseph Omondi kriecht unter den Wagen. Ein paar zielsichere Handgriffe, dann steht er wieder neben den anderen und klopft sich den Staub von den Kleidern.

»Außer dem Reifen haben wir keinen großen Schaden«, stellt er beruhigend fest.

»Wir haben Glück, die Ölwanne ist unversehrt. Auch die Achsen scheinen in Ordnung zu sein.«

Ihr Fahrer fasst sich an den Nacken.

»Doch ohne Ersatzreifen können wir nicht weiterfahren«, fügt er hinzu.

Die Reisenden sehen ihn fragend an.

»Wir haben keine andere Wahl«, sagte Joseph Omondi. »Wir müssen die Nacht hier verbringen. Morgen werden mein Gehilfe und ich zu Fuß in die nächste kleine Stadt gehen. Dort ist eine Werkstatt. Mit etwas Glück haben sie einen passenden Reifen.«

François und Michael tragen es mit Fassung. Immerhin ist keiner von ihnen ernsthaft verletzt. Nur Juli wirft ihrem Freund einen traurigen Blick zu. Wie gerne hätte sie den Abend am Fluss verbracht. Nango tröstet sie.

»Stell dir vor, das Nashorn hätte dich erwischt«, meint er. »Sei froh, dass du dich hier ausruhen kannst.«

»Auf dem Fluss wäre das nicht passiert«, entgegnet Juli.

»Dann warte ab, bis dir das erste Flusspferd begegnet«, sagt Nango. »Du wirst dich nach dem Nashorn zurücksehnen.«

Juli schaut ihn zweifelnd an.

»Na, das kann ja heiter werden«, entgegnet sie.

Nango will noch etwas sagen, aber Joseph Omondi unterbricht ihr Gespräch.

»Wir müssen Brennholz sammeln, bevor es dunkel wird«, sagt er. »Aber passt auf Schlangen auf«, fügt er hinzu.

Mit wachsamen Augen sammeln die Reisenden das nötige Brennholz. Fachmännisch richtet ihr Fahrer die Feuerstelle ein.

»Das Feuer wird die wilden Tiere von unserem Lager fernhalten«, erklärt er. »Und es wird uns wärmen.«

Überraschend schnell wird es dunkel.

Alle scharen sich um das Feuer. Sie trinken heißen Tee und teilen ihren Proviant. Dabei blicken sie in die lodernden Flammen. Über ihnen leuchtet ein heller Stern am Nachthimmel. Ihre Gedanken kreisen um die Erlebnisse im Nationalpark und vor allen Dingen um die Begegnung mit dem Nashorn.

»Ich bin noch nie einem Nashorn so nahegekommen«, sagt Juli schließlich. »Was für eine Geschichte!«

»Ja, was für eine Geschichte«, wiederholt Joseph Omondi nachdenklich.

Er wendet sich an François, der neben ihm sitzt.

»Kennst du auch eine Geschichte?«, fragt er den jungen Mann. »Ich meine, eine, die so spannend ist wie die, die wir heute erlebt haben?«

»Lass mich mal überlegen«, antwortet François. »Ich habe viele Geschichten, die ich erzählen kann. Wie wäre es mit einer aus Marokko?«

»Marokko?«, wiederholt Joseph Omondi »Marokko ist gut. Marokko ist ein Land im Norden Afrikas. Ich war noch nie in Nordafrika. Sag mir, wie ist es in diesem Land?«

François will mit der Erzählung beginnen. Die Mitreisenden sehen ihn erwartungsvoll an.

»Nun …«, sagt François.

Weiter kommt der junge Mann nicht. Joseph Omondi unterbricht ihn.

»Warte noch einen Moment. Du musst wissen, ich bin ein Geschichtensammler«, sagt Joseph Omondi und steht auf. »Früher habe ich mir alle Geschichten, die ich erlebt habe oder die mir erzählt wurden, gemerkt. Hier in meinem Kopf.«

Joseph Omondi tippt lächelnd an seine Stirn.

»Heute ist das anders. Ich habe ein Aufnahmegerät, einen Kassettenrekorder. Ich nehme alle Geschichten, die mir zu Ohren kommen, auf. Bei langen Fahrten höre ich sie mir im Auto erneut an.«

Mit diesen Worten verschwindet er in der Dunkelheit. Die Reisenden hören, wie die Tür des Pick-up geöffnet wird. Nur wenige Sekunden danach fällt die Tür wieder ins Schloss. Joseph Omondi kommt zurück.

»Ein Geschenk von meiner Tochter«, sagt er lächelnd, als er den Rekorder in den Schein des Feuers stellt. Mit einer flinken Handbewegung fischt er eine Kassette aus seiner Tasche und legt sie ein. Dann drückt er auf »Aufnahme.« Er blickt François auffordernd an.

Für einen Moment hält François inne. Er betrachtet den Kassettenrecorder. Als Jugendlicher hatte er auch so ein Gerät. Wann war das? In einem anderen Jahrhundert. Heute benutzt er ein iPad. Damit kann François nicht nur Tonaufnahmen machen, er ist auch in der Lage zu filmen, er kann Fotos machen und ins Internet gehen. Vorausgesetzt natürlich, man hat W-Lan. Hier in der Abgeschiedenheit irgendwo im Nirgendwo ist dies natürlich nicht möglich. Dass es überhaupt noch Kassetten gibt ... François schüttelt unmerklich den Kopf. Auch Juli lächelt in sich hinein. Aber es ist schön, dass Joseph Omondi die Möglichkeit hat, François' Erzählung aufzunehmen.

»Was ist?«, fragt der Geschichtensammler erwartungsvoll.

»Deine Geschichte ... Wir hören.«

François blickt in die Runde. Es ist ein schönes Bild, das sich ihm bietet.

Da sitzen sechs Leute beisammen. Das Lagerfeuer prasselt. Über ihnen leuchtet ein Stern am Nachthimmel.

Und François erzählt:

Im Labyrinth von Fès

Mit den Hausaufgaben war Mahmud längst fertig. Er lernte gerne. Sein Lieblingsfach war Französisch. Das heißt, es war sein zweitliebstes Lieblingsfach. Noch mehr mochte Mahmud Sport, vor allem Fußball.

»Mahmud Fußballstar!«, rief Raschid scherzhaft, als Mahmud mit dem Ball auf ihn zueilte. Mühelos dribbelte Mahmud um seinen besten Freund. Zweifellos würde er jeden Moment das runde Leder im Fußballtor versenken. Ihr Tor war der Eingang zum Garten von Monsieur Ragazin. Mahmud setzte zum Schuss an. Mit hoher Geschwindigkeit flog der Ball auf das Tor zu. Im gleichen Augenblick wurde die Tür geöffnet. Unerwartet erschien Monsieur Ragazin im Eingang. Er wollte sich über den Lärm der Kinder beschweren. Der Ball sauste knapp an seinem Kopf vorbei und verfing sich in seinem Garten in einem Blütenbusch. Mahmud und Raschid waren starr vor Schreck. Zum Glück hatte Mahmud den alten Herrn nicht am Kopf getroffen.

»Jetzt ist es aber genug!«, schimpfte Monsieur Ragazin. »Aus! Schluss! Vorgestern habt ihr den Ball über die Gartenmauer geschossen. Er ist in meinem Springbrunnen gelandet. Gestern landete euer Ball auf meinem Teetisch, als ich gerade die Zeitung las. Und heute benutzt ihr erneut die Tür meines Gartens als Fußballtor!«

Mahmud und Raschid blickten betroffen zu Boden.

»Entschuldigen Sie, Monsieur Ragazin«, sagte Mahmud. »Es ist nur so, dass ich Profifußballer werden will. Und irgendwo müssen wir ja spielen. Wir wollten sie nicht stören. Es soll nicht wieder vorkommen.«

»Das wird auch nicht mehr vorkommen«, entgegnete Monsieur Ragazin erbost. »Der Ball ist hiermit beschlagnahmt.«

Mit diesen Worten wandte sich Monsieur Ragazin ab. Er schloss die schwere Holztür hinter sich und ging zurück ins Haus. Mahmud und Raschid sahen sich erschrocken an. Aber das konnte Monsieur Ragazin doch nicht machen. Er konnte ihnen doch nicht einfach den Fußball wegnehmen.

»Monsieur Ragazin!«, rief Mahmud. »Monsieur Ragazin, bitte geben Sie uns den Fußball zurück. Wir benutzen Ihre Eingangstür auch nie wieder als Fußballtor!«

Mahmud und Raschid lauschten einen Augenblick. Vielleicht hatte der alte Herr ja ein Einsehen. Er würde die Tür öffnen, er würde sie nochmals eindringlich belehren. Und dann würde er ihnen den Fußball zurückgeben. Doch nichts geschah. Mahmuds Ball war weg.

»Was sollen wir jetzt tun?«, fragte Mahmud.

»Wir müssen einen neuen Ball kaufen«, sagte Raschid.

»Tolle Idee«, entgegnete Mahmud. »Und von welchem Geld?«

Raschid zuckte ratlos mit der Schulter.

»Wir werden schon zu einem neuen Ball kommen, Inschallah.«

Mahmud nickte und überlegte.

»Vielleicht sollten wir Touristen durch die Stadt führen? In dieser Jahreszeit wimmelt es hier von Besuchern. Ist Fès nicht die schönste Stadt Marokkos?«

Raschids Augen leuchteten auf.

»Du hast Recht«, sagte er. »Manche der Fremden sind sehr großzügig. Wenn man seine Sache gut macht, bekommt man ein Extratrinkgeld, Inschallah.«

»Am besten wir trennen uns. Du versuchst dein Glück vor der Kairaouine-Moschee. Und ich warte am Bab Boujeloud, dem blauen Stadttor, auf Kundschaft.«

»So Gott will, haben wir heute Abend Geld für einen nagelneuen Fußball. Monsieur Ragazin wird Augen machen.«

Die beiden Jungen grinsten sich an. Sie waren zuversichtlich, dass ihr Vorhaben gelingen würde.

»Heute Abend um 19 Uhr treffen wir uns an dieser Stelle, Inschallah!«, entschied Raschid.

»Gib mir fünf«, sagte Mahmud.

Die beiden Jungen klatschten ihre Hände aneinander. Dann trennten sich ihre Wege.

Juli und François kamen aus Paris. Es war ihre erste Reise durch Marokko. Seit ein paar Tagen war das junge Pärchen auf eigene Faust mit dem Rucksack in Nordafrika unterwegs. Diese Art zu reisen war Julis Vorschlag gewesen.

»Auf diese Weise kommt man viel schneller in Kontakt zu den Einheimischen«, hatte Juli ihren Freund zu dieser Reise überredet.

Widerwillig hatte François zugestimmt. Eigentlich wollte er keinen näheren Kontakt zu den Einheimischen. Wenn überhaupt, dann interessierten ihn die Bauwerke.

Nun standen die beiden vor dem Bab Boujeloud. Juli las ihrem Freund aus dem Reiseführer vor:

»Dieses prächtige Tor stammt aus dem 13. Jahrhundert. Es führt in die labyrinthartige Altstadt von Fès ...«

Plötzlich wurde ihr kleiner Vortrag unterbrochen. Ein Schuljunge stand vor ihnen. Der Junge war Mahmud.

»Entschuldigen Sie, Demoiselle. Vielleicht brauchen Sie und Ihr Begleiter einen Führer? Ich kann Ihnen die Medina, die Altstadt von Fès, zeigen. Und ich kann Ihnen alles erklären.«

Mahmud lächelte die beiden gewinnend an. Juli sah ihren Freund unsicher an. Eigentlich war das doch eine prima Idee.

»Nein danke«, antwortete François. »Wir haben einen Reiseführer.«

François deutete auf das Buch, das Juli in den Händen hielt. Mahmud ließ nicht locker.

»Ein Buch ist sehr gut«, sagte er. »Aber auch mit einem Buch kann man sich verirren. Die Altstadt von Fès ist ein Labyrinth. In diesem Gewirr aus Gassen und Häusern haben sich schon viele Fremde verirrt. Gute Führung. Guter Preis«, setzte Mahmud nach. »Sie bezahlen nur das, was Sie für angemessen halten.«

Mahmud strahlte François an. Aber der junge Franzose blieb stur.

»Nein danke«, sagte er eine Spur kühler. »Wir brauchen deine Hilfe nicht. Ich habe mich noch nie verirrt. Dann werde ich mich auch in der Altstadt von Fès zurechtfinden.«

François ergriff die Hand seiner Freundin und zog sie die kleine Straße hinunter. Hinein in das Labyrinth der großen Stadt. Mahmud blickte ihnen enttäuscht hinterher.

»Warum warst du so hart zu dem Jungen?«, hörte Mahmud die junge Frau sagen.

»Ich kenne diese Jungs«, antwortete François mürrisch. Sie zeigen dir die Stadt, klar. Aber sie führen dich auch in dieses Geschäft, wo zufälligerweise ein Onkel schöne Teppiche verkauft. Und zack hast du einen Orientteppich gekauft. Dann geht's weiter zum nächsten Onkel, der zufälligerweise Ledertaschen verkauft und zack ...«

Die restlichen Worte verstand Mahmud nicht mehr. Er war gekränkt. Wie konnten die Fremden nur so etwas von ihm glauben. Er hatte überhaupt keine Onkel, die Teppiche oder Ledertaschen verkauften. Er wollte den beiden wirklich nur gegen ein angemessenes Entgelt seine schöne Stadt zeigen. Und er wollte sie wieder wohlbehalten zurückbringen. Manche der Touristen waren sehr nett und höflich. Sie wussten, wie man sich in seinem Land zu benehmen hatte. Andere wiederum waren eingebildet und ungehobelt. François schien der letzteren Sorte anzugehören. Es gab auch Jungen in seinem Alter, die diesen Leuten nachliefen, um sie doch noch zu einer Tour zu überreden. Aber Mahmud fand das verachtenswert. Er hatte seinen Stolz.

Mahmud wollte sich bereits abwenden, um nach anderen Touristen Ausschau zu halten. Da sah er etwas auf der Straße liegen. Mahmud ging näher. Vor ihm auf dem Boden lag eine Geldbörse. Er blickte sich um. Es waren viele Passanten unterwegs, doch niemandem schien aufgefallen zu sein, wonach sich der Junge gerade bückte. Unauffällig nahm er den Geldbeutel an sich und schaute hinein. Mahmud wollte seinen Augen nicht trauen. In der Geldbörse befanden sich viele Geldscheine. Er sah größere Scheine aus seinem Land Marokko, den Dirham. Aber er sah auch europäische Banknoten. Noch nie in seinem Leben hatte er so viel Geld gesehen. In einer Seitentasche steckten mehrere Karten aus Plastik. Das waren vermutlich Kreditkarten. Mit diesem Plastikgeld bezahlten die Reichen.

Mahmuds Familie hatte keine Kreditkarte. Das wenige Geld, das sein Vater als Lehrer verdiente, reichte nur für die Miete ihrer kleinen Wohnung, für Kleidung und Lebensmittel. Ab und zu gab es ein Eis. Zu mehr reichte das Geld nicht. Mahmud war nicht unzufrieden mit seinem Leben. Sie litten keine Not. Außerdem hatte er ein Ziel: Er wollte unbedingt Fußballprofi werden.

Mahmud forschte weiter. Wem mochte die Geldbörse gehören? In einer Seitentasche fand er einen Ausweis. Er war aus Frankreich. Der Mann, der auf dem Foto abgebildet war, kam dem Jungen bekannt vor. Es war der mürrische Typ, der ihn hatte abblitzen lassen. Der Kerl, der ihn verdächtigt hatte, nur aufs Geld aus zu sein. Aber war er das? War er nur auf Geld aus?

Mahmud ertappte sich dabei, wie er tatsächlich einen Moment mit dem Gedanken gespielt hatte, die Geldbörse samt Inhalt zu behalten. François war ein unsympathischer Kerl, und Mahmud könnte das Geld gut gebrauchen.

Dennoch stand seine Entscheidung schnell fest: Er durfte das Geld nicht behalten. Wie sollte er in der Moschee zu Allah beten, wohl wissend, dass er so viel Geld unterschlagen hatte? Wie sollte er seinen Eltern unter die Augen treten, ohne von seinem Fund zu berichten? Es wäre eine Art Lüge, wenn er seinen Eltern nicht davon berichten würde. Nein, er könnte nicht mehr in den Spiegel sehen, wenn er das Geld behalten würde. Diese Scham würde ihn sein Leben lang begleiten.

»Ehrlichkeit begleitet dich, Lügen verfolgen dich.« Diese Worte hatte seine Großmutter einst gesagt. »Ein Gläubiger darf nicht lügen.«

Er, Mahmud, war kein Lügner. Er war stolz. Er war aufrichtig. Und er wollte Fußballprofi werden. Auf ehrliche Weise.

Unvermittelt sprang Mahmud auf. Er musste François finden. Ohne Geld und ohne Ausweis war der junge Mann aufgeschmissen.

Die Suche nach einem bestimmten Menschen in dem Gewirr der Medina von Fès war nicht einfach. Doch in der Altstadt kannte sich Mahmud aus. Er eilte die Straße hinab. Sie wurde kleiner und zerteilte sich schließlich in unzählige Gassen, die wieder zueinander fanden oder sich im Gewirr der Medina verloren. So mancher dieser Wege endete unvermittelt in einer Sackgasse. Mahmud überlegte. Welche der Abzweigungen hatten die beiden genommen? Er wusste, dass Europäer einen Sinn für prächtige Bauwerke hatten. Sie liebten das Bunte. Und sie liebten das geschäftige Treiben der Basare. Mahmud hatte die Touristen immer wieder beobachtet, wenn sie durch die Gassen flanierten. Sie zeigten begeistert auf dieses und jenes Bauwerk. Sie stöberten in den Läden nach Tüchern, Schmuck und Nippes. Oder sie saßen im Straßencafé und genossen einen Pfefferminztee oder Milchkaffee. Mahmud kannte all diese Plätze, die den Fremden gefielen. Es war nur eine Frage der Zeit, bis er die beiden Franzosen aufspüren würde. Raschid musste wohl oder übel warten. Aber so Gott will, würde er sich rechtzeitig am vereinbarten Treffpunkt einfinden.

Juli und François schlenderten durch die malerischen Gassen. Die beiden folgten dem Strom der Menschen und drangen immer tiefer in das Labyrinth der Basare ein. Sie betrachteten die Auslagen der Läden, sie sahen den Gerbern bei ihrer Arbeit zu und bewunderten die Kunstfertigkeit der Messingschmiede. Hin und wieder wurden sie von dem einen oder anderen Händler eingeladen, den Laden zu betreten, um sich die Waren in Ruhe anzusehen. Die Auswahl an Keramik, Teppichen, Holzarbeiten, Silberschmuck und anderen kunstvoll gearbeiteten Gegenständen war überwältigend. Doch François war misstrauisch. Noch bevor die Händler zu Ende reden konnten, wandte er sich immer wieder barsch ab. Schließlich wurde Juli ungehalten.

»Sag mal, was soll das eigentlich?«, fragte sie. »Warum sehen wir uns all die schönen Dinge nicht aus der Nähe an? Wer weiß, wann wir wieder nach Marokko kommen.«

François sah seine Freundin an.

»Ich habe meine Gründe«, sagte er schließlich. »Man weiß ja, was für krumme Geschäfte in diesen Läden gemacht werden.«

Um seine Behauptung zu untermauern, erzählte er Juli eine abenteuerliche Geschichte, die er von einem Freund gehört hatte, dessen Schwager einen Mann kannte, dessen Onkel wiederum vor Jahren angeblich in Marokko in einen Laden gelockt worden war.

»Und stell dir vor, genau dieser Mann, den ich allerdings nicht näher kenne, wurde in einem dieser Läden von einem dieser finsteren Händler überredet, sein ganzes Geld für einen kleinen Teppich auszugeben.«

François machte eine kleine Pause.

»Und nun rate mal, was sich später zu Hause in Paris herausstellte?«

Juli sah François fragend an.

»Der Teppich war völlig wertlos. Da haben wir es«, schloss François triumphierend.

Juli schüttelte fassungslos den Kopf.

»Stell dir mal vor«, sagte sie tonlos. »Und diesen Blödsinn glaubst du auch noch?«

François war entrüstet.

»Kann ja sein, dass so etwas Ähnliches mal passiert ist«, sagte Juli. »Aber dann war es bestimmt ein Einzelfall. Man kann doch nicht hinter jedem Händler einen Verbrecher vermuten. Mal davon abgesehen kannst du überall übers Ohr gehauen werden. In Marokko, in Paris oder sogar zu Hause an deinem Schreibtisch, wenn du im Internet surfst und irgendwo etwas bestellst oder so.«

»Zu Hause am Schreibtisch ...«, murmelte François.

Das war ein gutes Stichwort. Am liebsten säße er jetzt an seinem Computer und würde spielen. Oder etwas ersteigern. Oder Musik herunterladen. Und dabei ein kühles Getränk genießen. Wie hatte er sich nur zu dieser unseligen Reise in dieses abartig heiße Land überreden lassen können. Und dann auch noch ohne Reisegruppe. Da wäre man wenigstens unter seinesgleichen gewesen. Und so hatte man ständig irgendwelche Einheimische um sich, die einem das Geld abschwatzen wollten. Um etwas anderes ging es denen schließlich nicht.

»Lass uns weitergehen«, sagte er griesgrämig.

Wortlos gingen die beiden die verwinkelte Gasse hinunter. Juli versuchte wieder mit ihrem Freund ins Gespräch zu kommen.

»Sieh nur, wie schön die Abendsonne scheint«, sagte sie.

Aber François hatte keine Augen für die Schönheit des Abendlichts. Er wollte zurück in ihr Hotel in der Neustadt. Dort war alles geordnet. Die Straßen waren schnurgerade und sahen einigermaßen europäisch aus. Dort herrschte kein Gewirr und Gewimmel. Dort fühlte er sich sicher. Der Gedanke an ein erfrischendes Getränk ließ ihn nicht mehr los.

»Ich habe Durst, lass uns zurück ins Hotel gehen«, sagte François.

»Wie wäre es, wenn wir in ein Café gehen würden?«, antwortete Juli begeistert. »Bestimmt finden wir ein romantisches Plätzchen hier in der Altstadt. Bei Kerzenlicht, wäre das nicht schön?«

François schwieg.

»Hallo, François? Bist du noch da?«, fragte Juli.

»Ich will lieber im Hotel etwas trinken«, grummelte François.

Juli rollte mit den Augen. Es war zum Verzweifeln. Was hatte sie nur getan? Mit François durch ein Land wie Marokko zu reisen war eine Strafe. Warum hatte sie ihn nur dazu überredet?

Unvermittelt blieb sie stehen. Eine kleine Ledertasche, die an einem Ständer vor einem Laden hing, hatte es ihr angetan. Interessiert nahm sie die Tasche in die Hand und befühlte das Muster des weichen Leders.

»Nun komm schon«, sagte François. »Wir gehen weiter. Die verlangen doch in Marokko das Dreifache von dem, was wir in Paris dafür bezahlen müssten.«

Aber Juli ließ sich nicht beirren.

»Na, dann handeln wir eben«, entgegnete sie. »Handeln ist in Marokko üblich. Das macht doch Spaß.«

Juli sah ihren Freund an. Nie hätte sie gedacht, dass sich hinter seinem hübschen Gesicht so ein misstrauischer Mensch verbergen konnte. Warum war ihr das nicht früher aufgefallen?

»Warum kannst du dich eigentlich nicht auf dieses Land und seine Leute einlassen?«, fragte sie gereizt. »Und außerdem gefällt mir diese Tasche«, fügte sie trotzig hinzu.

François hatte keine Zeit einen Einwand hervorzubringen. An der Seite seiner Freundin stand bereits der Besitzer des Geschäfts. Sofort wurde sie in ein Verkaufsgespräch verwickelt. Mit einem strahlenden Lächeln im Gesicht erklärte der Händler Juli die Vorzüge gerade dieser Tasche.

»Es ist ein einzigartiges Stück, Demoiselle«, sagte er. »Diese Tasche ist von feinster Qualität. Ein Meisterstück. Ganz zu schweigen von dem äußerst günstigen Preis. Hängen Sie die Tasche um. Ja, sie steht Ihnen ausgezeichnet.«

François betrachtete stumm das Schauspiel.

»Was für ein Schleimer«, dachte er. »Der ist ja nur auf unser Geld aus. Der tut nur so freundlich.«

Das Verkaufsgespräch wogte hin und her. Juli machte das Handeln sichtlich Spaß. Der Händler ließ sich gerne auf dieses Spiel ein. Auch er schien seine kindliche Freude daran zu haben. Schließlich hatten sie einen Preis gefunden, der beiden gerecht zu sein schien.

»Einverstanden«, sagte Juli und zückte lächelnd ihre Geldbörse. »Ich kaufe die Tasche.«

François hielt seine Freundin zurück.

»Lass mich das machen«, sagte er. »Ich schenke dir die Tasche.«

Er hatte Juli gegenüber ein schlechtes Gewissen. Er ahnte, dass er nicht der beste Reisegefährte war, und hoffte, dass er dies mit dem Kauf der Tasche ausgleichen konnte.

»Oh, danke«, sagte Juli erfreut.

Sie schöpfte ein wenig Hoffnung. Vielleicht konnte sich ihr Freund doch noch für dieses Land und ihre gemeinsame Reise begeistern?

François griff in seine Hosentasche, um seinen Geldbeutel herauszuholen. Doch die Hosentasche – war leer. François versuchte es mit der anderen Hosentasche, er griff in die Brusttasche seines Hemdes, er durchwühlte seine Umhängetasche.

Nichts. Panik stieg in ihm auf. Der Ladenbesitzer und Juli standen stumm daneben und beobachteten mit großen Augen seine hektische Suche.

»Er ist weg«, sagte François schließlich. »Gestohlen. Mein ganzes Geld. Meine Kreditkarte, mein Ausweis. Weg, alles weg!«

François Stimme überschlug sich vor Aufregung. Er packte Juli bei der Hand und zog sie fort von dem Stand, die Straße hinunter.

»Entschuldigen Sie, Monsieur«, rief Juli dem verwunderten Händler zu, während sie sich allmählich von seinem Laden entfernte.

Juli wandte sich ihrem Freund zu.

»Kannst du mir mal sagen, was in dich gefahren ist? Was ist eigentlich los?«

»Das habe ich doch schon gesagt«, antwortete François panisch. »Mein Geldbeutel ist weg!«

»Dann such alle Taschen durch«, riet Juli.

»Habe ich doch schon, Mensch«, blaffte François.

François hielt inne. Plötzlich schlug er sich mit der flachen Hand auf die Stirn.

»Aber ja«, sagte er. »Jetzt weiß ich, wem wir das zu verdanken haben. Das war der Junge!«

»Welcher Junge?«, fragte Juli.

»Na der Junge, der uns durch die Altstadt von Fès führen wollte. Das war ein Trickdieb. Ein ganz gerissener Gauner. Das habe ich auf den ersten Blick erkannt. Der war mir eine Spur zu schmeichlerisch. Aber gerissen. Hat uns in ein harmloses Gespräch verwickelt und so ganz nebenbei hat er mir die Geldbörse geklaut.«

»Aber woher willst du das denn wissen?«, fragte Juli. »Und wenn du dir das nur einbildest?«

»Ach«, sagte François gereizt und wandte sich ab.

Er hatte jetzt keine Zeit für große Diskussionen. Juli war einfach naiv. Sie glaubte tatsächlich an das Gute im Menschen. Aber er würde sie schon noch eines Besseren belehren. Er würde ihr den Beweis erbringen. Sie mussten auf dem schnellsten Weg zurück. Vielleicht würden sie den kleinen Gauner aufspüren. Dann käme die Wahrheit schon ans Licht. Der Kerl konnte sich auf etwas gefasst machen. François hatte eine Stinkwut.

Er sah sich hektisch um. Von wo waren sie eigentlich gekommen? Da erblickte François den Laden, vor dem seine Freundin vor wenigen Minuten um die Ledertasche gefeilscht hatte. Aber Moment mal, da stand ja nun ein ganz anderer Mann. Nein, das war ein anderes Ledergeschäft.

»Hier lang«, sagte François mit tonloser Stimme. Er zerrte Juli am Handgelenk eine beliebige Gasse hinunter. Beinahe wäre seine Freundin ins Straucheln gekommen.

»Pass doch auf«, sagte sie. »Du tust mir weh!«

François murmelte eine Entschuldigung. Dann drängte er sie weiter. Sein einziges Ziel war es, den Taschendieb zu stellen. Am Ende der Gasse teilte sich der Weg. Er folgte seinem Gefühl und entschied sich für den rechten Weg. Auf sein Gespür konnte sich François verlassen. Dachte er. Auch diese Gasse teilte sich wieder und zweigte wiederum in weitere Gassen ab. Die beiden gingen mal in diese, mal in jene Richtung. François hatte nicht den Mut zu sagen, dass er keine Ahnung hatte, wo es lang ging. Er beschleunigte seine Schritte. Juli versuchte ihrem Freund zu folgen. Sie war so darauf bedacht, nicht zu stolpern, dass sie sich nicht darum kümmern konnte, wo sie sich befanden.

Irgendwann säumte kein Laden mehr die Gassen. Es waren keine Menschen mehr auf der Straße. Die Wege wurden immer enger, die Häuser wurden zusehends schäbiger. Alles Bunte war verschwunden. Es war gerade so, als hätte man die Farbe aus dem Leben gestrichen. Schließlich waren zur Linken, wie zur Rechten nur noch Mauern zu sehen, in die kleine Türen eingelassen waren. Die Türen waren mit schweren Riegeln und Vorhängeschlössern gesichert. Allmählich setzte die Dunkelheit ein. Nirgendwo brannte ein Licht.

»François, ich habe Angst«, sagte Juli. »Wo sind wir?«

Ja, wo waren sie? François hatte keine Ahnung. Er hatte nicht den Schneid zuzugeben, dass er völlig orientierungslos war und sie sich heillos verirrt hatten.

Verirrt im Labyrinth von Fès. Und bald war es finstere Nacht.

Die Gasse war mittlerweile so eng, dass sie hintereinander gehen mussten. Ihre Schultern berührten bereits die meterhohen Wände, die sie von beiden Seiten umgaben. Schließlich erblickten die beiden im Halbdunkel eine angelehnte Tür. Aus dem schmalen Spalt drang ein schwacher Lichtschein. François drehte sich hilfesuchend zu seiner Freundin um.

»Du musst nach dem Weg fragen«, flüsterte Juli.

Ein Gefühl der Beklemmung machte sich in François breit. Sollte er es wagen zu klopfen? Nein, warnte eine ihn seine innere Stimme. Wer weiß, was ihn hinter dieser Tür erwartete. In diesem düsteren Viertel verstand vermutlich ohnehin niemand ihre Sprache.

»Es hat keinen Sinn, wir müssen umkehren«, sagte er. »Wir wissen nicht, wohin dieser Weg führt.«

Sie machten auf dem Absatz kehrt.

»Wir müssen zumindest den Weg zu einer belebteren Gasse zurückfinden«, sagte Juli. »Bald ist es stockdunkel, wir können uns doch nicht in tiefer Finsternis durch dieses Labyrinth tasten.«

François begann leise zu fluchen. Juli fiel ihm aufgebracht ins Wort. Die beiden wurden immer lauter. Gereizt warfen sie sich gegenseitig Schuldzuweisungen und Schimpfworte an den Kopf.

Mahmud war dem Hauptstrom der Leute gefolgt. Gewiss hatten das auch die beiden jungen Franzosen getan. Hin und wieder grüßte er den einen oder anderen Passanten, den er kannte. Er fragte, ob irgendjemand die beiden gesehen hatte. Doch niemand konnte mit seiner Beschreibung etwas anfangen. Auch diesen oder jenen Händler befragte er. Bis ihn das Schicksal an den Stand des Lederwarenhändlers führte.

»Aber ja«, antwortete der Ladeninhaber auf Mahmuds Frage. »Ich habe die beiden gesehen. Eine junge Frau – sehr sympathisch. Und ihr Begleiter – ein komischer Kerl. Offensichtlich ein Verrückter. Stumm wie ein Fisch. Und plötzlich schrie er wie ein Irrer herum. Habe nicht alles verstanden, ging alles ein bisschen zu schnell. Und dann sind die beiden wie von Sinnen die Straße hinuntergerannt. Der wollte wohl nicht, dass seine Freundin eine Tasche bei mir kauft. Dabei waren wir uns schon einig geworden.«

Der Händler schüttelte den Kopf.

»Ein komischer Kerl«, sagte er abermals, als könnte er es nicht fassen, welch eigenartige Zeitgenossen es gab.

»Welche Richtung haben die beiden eingeschlagen?«, fragte Mahmud.

Der Händler wies Mahmud den Weg.

»In diese Gasse sind sie gerannt, als wäre der Teufel hinter ihnen her. Aber du weißt ja, die Gasse teilt sich dahinten mehrmals. Ist nicht gerade das beste Viertel. Aber der Typ wollte da unbedingt hin. Komischer Kerl«, murmelte der Händler nochmals.

»Vielen Dank«, sagte Mahmud.

»Nichts zu danken, Junge«, antwortet der Händler.

Mahmud eilte die Gasse hinab. Wie erwartet teilte sie sich nach wenigen Metern. Ohne groß zu überlegen, wählte er eine der Abzweigungen und setzte seinen Weg fort. Hier in diesem Viertel kannte er sich selbst nicht gut aus. Der Händler hatte Recht gehabt. Es war nicht die beste Adresse von Fès. In Mahmud kamen Zweifel auf. Nein, in dieser düsteren Gegend konnten sich die beiden jungen Franzosen doch nicht aufhalten. Hier war es eng und bedrückend. Es gab kaum Licht. François und seiner Begleiterin war es bestimmt zu unheimlich hier.

Da hörte er zwei Stimmen. Sie schienen miteinander zu streiten. Sie stritten auf Französisch. Das konnten keine Marokkaner sein. Mahmud konnte zwar recht gut Französisch. Aber diese Ausdrücke waren ihm unbekannt. So etwas lernte man nicht im Schulunterricht. Eines war klar, die beiden Leute, die miteinander stritten, hatten ein Problem. Mahmud kombinierte, dass es sich bei den Streitenden um die von ihm gesuchten Franzosen handelte. Bestimmt hatte der junge Mann in der Zwischenzeit bemerkt, dass sein Geldbeutel weg war. Aber was hatte die beiden dazu veranlasst, in diese finstere Gegend zu gehen? Bestimmt hatte sich François, der Besserwisser, verlaufen. Und jetzt steckten die Beiden in der Klemme. Mahmud konnte ein Kichern nicht unterdrücken. Aber die junge Frau tat ihm Leid. Schließlich konnte sie nichts dafür, dass François so ein komischer Vogel war. Deshalb beschleunigte Mahmud seine Schritte.

Plötzlich hielt François inne.

»Pst«, zischte er und hielt seiner Freundin den Mund zu. »Hörst du nicht, da sind Schritte.«

Die beiden lauschten angestrengt. Tatsächlich! Jetzt hörte es auch Juli. Da waren eilige Schritte. Sie schienen näher zu kommen.

»Da haben wir es«, flüsterte François. »Du warst zu laut. Man sollte schlafende Hunde nicht wecken. Das sind bestimmt Kriminelle. Die wollen uns ausrauben.«

Die beiden jungen Leute machten erneut auf dem Absatz kehrt und eilten zurück in die enge, dunkle Gasse. Bevor sie ganz im Zwielicht verschwunden waren, wurden sie von Mahmud entdeckt.

»Monsieur François!«, rief Mahmud. »Demoiselle, so warten sie doch!«

Überrascht blieben François und Juli stehen. François wollte seinen Augen nicht trauen. Der Junge, der auf sie zulief, war ja der Kerl vom Stadttor.

»Hast du Töne«, sagte François. »Das ist doch der kleine Gauner, der mir die Geldbörse gestohlen hat!«

»Monsieur, Demoiselle!«, rief Mahmud erneut.

Schließlich hatte er die beiden Franzosen erreicht. Sein Atem ging schnell. Mahmud zog den Geldbeutel des jungen Franzosen aus der Tasche.

»Sie haben etwas verloren, Monsieur«, sagte Mahmud. »Es war nicht gerade einfach, Sie zu finden.«

François starrte den Jungen an, als stünde ein Außerirdischer vor ihm. Er war wie vor den Kopf geschlagen. Plötzlich wurde ihm alles klar: Der Junge war kein Taschendieb. Im Gegenteil, er hatte nicht nur seinen verlorenen Geldbeutel gefunden, sondern er hatte sich auch noch die Mühe gemacht, ihn seinem rechtmäßigen Besitzer zurückzugeben. Dabei hatte er sich nicht davor gescheut, ihn und seine Freundin in diesem gottverlassenen Viertel aufzuspüren. François war bestürzt. Er hatte den Jungen zu Unrecht verdächtigt. Er hatte sich blamiert. Vor dem Jungen und vor seiner Freundin.

Mahmud überreichte François den Geldbeutel. Vor Überraschung brachte François keinen Ton heraus. Wortlos steckte er die Geldbörse in die Hosentasche.

»Du könntest dich wenigstens bei dem Jungen bedanken«, sagte Juli und blickte François missbilligend an.

»Vielen Dank«, sagte sie zu dem Jungen. »Vielen herzlichen Dank.«

»Keine Ursache«, antwortete Mahmud. »Folgen Sie mir«, sagte er. »Ich vermute, Sie haben sich verirrt, nicht wahr? Da vorne ist eine beleuchtete Gasse. Das ist nicht die beste Gegend hier, müssen Sie wissen.«

Er nahm Juli an der Hand, als wäre sie seine kleine Schwester, die er beschützen müsse. François trottete den Beiden hinterher. Nur wenige Gassen weiter befanden sie sich in einer anderen Welt. Hier herrschte buntes Treiben. Sie sahen Restaurants, die mit Kerzen erleuchtet waren. Es duftete verlockend nach leckeren Tajinegerichten und nach frisch gemahlenem Kaffee. François hatte seine Fassung wiedergefunden. Er sah Mahmud an.

»Ich fürchte, ich muss mich bei dir entschuldigen«, sagte er beschämt. »Ich habe mich wirklich wie ein Idiot benommen. Offen gesagt dachte ich, du willst uns übers Ohr hauen. Und dann trägst du uns den Geldbeutel nach und führst uns auch noch aus diesem Irrgarten heraus.

»Aber Monsieur«, sagte Mahmud. »Sie sind keineswegs ein Idiot. Vielleicht hatten Sie einfach Angst. Dieses Land ist fremd für Sie. Bestimmt hätten Sie mir auch geholfen, wenn ich mich in Ihrer Stadt verirrt hätte, nicht wahr?«

Mahmud blickte François offen ins Gesicht. François konnte

seinem Blick nicht standhalten. Er wandte sich ab und starrte betreten zu Boden. François hatte ein schlechtes Gewissen. Ob er dem Jungen, den er nicht einmal kannte, in einer ähnlichen Situation geholfen hätte? Wenn er ehrlich zu sich selbst war, hätte er Mahmud nicht geholfen, wenn sich dieser in seiner Heimatstadt Paris verirrt hätte. Zumindest nicht bis zu dem heutigen Tage. Der Junge hatte ihn eines Besseren belehrt. Mahmud hatte offensichtlich mehr Schneid als er. Das war François peinlich. Aber das sagte er nicht. Unvermittelt öffnete er stattdessen seinen wiedergewonnenen Geldbeutel.

»Ich möchte mich bei dir bedanken«, sagte er. »Schließlich hast du uns aus dem Labyrinth herausgeführt. Und außerdem hast du mir den Geldbeutel zurückgebracht. Dafür will ich dir einen Finderlohn geben.«

François fühlte sich nicht wirklich wohl bei dieser Aktion. Er hatte das Gefühl, als wolle er sich von seiner Schuld freikaufen. Aber Mahmud hatte damit kein Problem. Er hatte seine Pflicht getan. Und er war erfreut, dass ihm François einen Finderlohn geben wollte.

»Was machst du in der Freizeit?«, fragte François.

»Nun, Monsieur, ich spiele gerne Fußball. Zusammen mit meinem Freund Raschid.«

»Und hast du einen Fußball?«

Mahmud kratzte sich am Kopf.

»Eigentlich ja, Monsieur«, sagte er.

Allerdings traute er sich nicht zu sagen, dass dieser Fußball von Herrn Ragazin beschlagnahmt worden war.

»Also, wenn du einen Fußball hast, dann kauf dir von diesem Geld ein Fußballtrikot. Und zwar das beste, das es gibt, verstanden? Und für deinen Kumpel kaufst du gleich eines mit, ja?«

François drückte dem Jungen ein paar Geldscheine in die Hand. Es war mehr, als Mahmud erwartet hatte. Mahmud war überrascht über die plötzliche Großzügigkeit des jungen Franzosen.

»Danke, Monsieur«, sagte er.

Dann schwieg er verlegen. Juli hatte das Gefühl, dass Mahmud etwas auf dem Herzen hatte.

»Du willst uns noch etwas sagen, oder?«, fragte sie den Jungen.

Mahmud sah Juli unsicher an. Und dann erzählte er den beiden die ganze Geschichte. Dass er nämlich Fußballprofi werden wollte. Und dass er unbedingt in der marokkanischen Nationalmannschaft spielen müsse. Und dass der Job des Torjägers für ihn genau der richtige wäre.

»Aber das geht nicht«, sagte Mahmud schließlich enttäuscht.

»Warum geht das nicht?«, fragte François.

»Nun, weil mein Fußball gewissermaßen beschlagnahmt wurde. Von Monsieur Ragazin. Weil ich die Tür seiner Gartenmauer als Fußballtor benutzt habe. Und als er die Tür öffnete, habe ich ihn beinahe mit dem Ball am Kopf getroffen. Das hat Monsieur Ragazin sehr verärgert, glaube ich.«

Juli musste lachen.

»Na ja«, sagte François. »Eigentlich benutzt man auch keine Gartentür als Fußballtor.«

Er sah Juli missbilligend an. Wie konnte man über so ein Fehlverhalten lachen.

»Aber dennoch muss dir Monsieur Ragazin den Fußball wieder zurückgeben. Schließlich ist der Ball dein Eigentum.«

François wusste, wovon er redete. Schließlich studierte er Rechtswissenschaften an der Pariser Sorbonne.

»Ich wusste, dass Sie mir helfen würden, Monsieur«, sagte Mahmud beglückt.

François sah den Jungen erstaunt an.

»Ich dir helfen?«, fragte er. »Inwiefern?«

»Nun, Sie könnten doch bei Monsieur Ragazin ein gutes Wort für mich einlegen.«

Mahmud sah den jungen Mann strahlend an. François war wie vom Donner gerührt. Er sollte mit Monsieur Ragazin sprechen? Über den Fußball eines Jungen, den er gerade mal ein paar Minuten kannte? Es war ihm unangenehm, bei wildfremden Leuten an der Tür zu klingeln. Womöglich sprach der Mann nicht einmal Französisch. Oder er mochte keine Franzosen. Oder er hatte grundsätzlich etwas gegen Menschen, die jünger waren als er selbst. Oder er war überhaupt nicht zu Hause und seine Schwiegermutter öffnete die Türe! Oder, oder ...

François merkte, dass er schon wieder dabei war, unzählige Ausflüchte zu finden. Er hatte tausend Ängste. Ob sie der Wahrheit entsprachen? François dachte nach. Was konnte schon groß passieren? Mehr als »nein« konnte dieser Monsieur Ragazin nicht sagen. Außerdem war er es dem Jungen schuldig, dass er sich für ihn einsetzte. Zudem bekam er von Juli, ohne dass Mahmud es bemerken konnte, einen sanften Stoß zwischen die Rippen.

»Na komm schon«, flüsterte sie. »Gib dir einen Ruck.«

François knetete seine Hände. Er schien sichtlich mit sich zu ringen.

»Aber natürlich«, antwortete François schließlich mit leiser Stimme. »Natürlich werde ich Monsieur Ragazin bitten, dir den Ball zurückzugeben.«

Aber so richtig wohl war ihm bei dieser Angelegenheit nicht. Juli sah ihren Freund an. Ein freudiges Lächeln huschte über ihr Gesicht. Sie war froh, dass er über seinen Schatten gesprungen war. Das war der François, den sie sich wünschte. Kein François mit tausend Bedenken und Ängsten im Kopf, sondern ein François, der das Leben in die Hand nahm.

Schließlich machten sich die drei auf den Weg. Mahmud hatte die Hoffnung, dass sie unterwegs Raschid treffen würden. Er musste ihm unbedingt von den Neuigkeiten erzählen. Doch sein Freund war nirgends zu sehen.

Bald schon sahen sie das Haus von Monsieur Ragazin. Es war von einer hohen weißen Mauer umgeben. Dahinter waren Wipfel von Palmen und Blütenbüschen zu sehen, die einen prächtigen Garten vermuten ließen. In die Mauer war eine massive Holztür eingelassen.

François holte tief Luft. Dann betätigte er die Zugklingel. Zunächst geschah nichts. Für einen Moment überlegte François sein Vorhaben aufzugeben. Da öffnete sich die Tür. Vor ihnen stand ein älterer Herr. Es war Monsieur Ragazin. Er blickte François überrascht an. Dann sah er Juli fragend ins Gesicht. Er rückte seine Brille zurecht. Was wollten diese beiden fremden jungen Leute von ihm? Da erst erblickte Monsieur Ragazin Mahmud, der etwas verdeckt hinter den beiden Franzosen stand.

»Was hast du jetzt schon wieder ausgefressen?«, fragte Monsieur Ragazin grimmig. »Und warum, meine Dame und mein Herr, kommen sie mit diesem Jungen zu mir? Ich bin nicht verwandt mit ihm. Aber ich kenne seine Eltern. Die werden ihm schon die Leviten lesen. Ich kann Ihnen gerne den Weg erklären.«

»Aber nein«, antwortete François. »Bitte entschuldigen Sie die Störung, mein Herr. Das ist ein Missverständnis. Der Junge hat überhaupt nichts ausgefressen. Im Gegenteil: Er hat uns geholfen, dafür wollte ich mich bedanken.«

Monsieur Ragazin sah François mit großen Augen an. Er war sichtlich verwirrt.

»Sie wollen sich für den Jungen bei mir bedanken?«, fragte er. Monsieur Ragazin wartete die Antwort nicht ab.

»Der Junge hat Ihnen geholfen, sagen Sie?«, fragte Monsieur Ragazin bass erstaunt. Er sah Mahmud an, als hätte er ein seltenes Tier vor sich. Es schien ihm nicht einzuleuchten, dass ein Junge wie Mahmud fähig war, anderen zu helfen.

»Dieser Junge?«, wiederholte Monsieur Ragazin. »Dieser Junge hat Ihnen geholfen? Sind Sie sicher, dass es sich nicht um eine Verwechslung handelt?«

Juli und François mussten lachen.

»Ganz sicher, Monsieur.«

»Am besten, ich erzähle der Reihe nach«, setzte François hinzu.

Und er erzählte Monsieur Ragazin von ihrem missglückten Ausflug in die Altstadt von Fès. Er erzählte, wie er den Geldbeutel verloren hatte, wie sie sich hoffnungslos in dem Gewirr der Gassen verirrt hatten und sich in einer finsteren Gegend wiederfanden. Und wie ihnen schließlich ein Junge, nämlich Mahmud, den Weg aus dem Labyrinth wies. Darüber hinaus, so berichtete François, hatte Mahmud sich als ehrlicher Finder seiner Geldbörse erwiesen.

»Und dafür will ich mich bei Mahmud bedanken«, sagte François.

François erzählte Monsieur Ragazin wortreich von Mahmuds Plan, eines Tages in der marokkanischen Nationalmannschaft zu spielen. Er warnte eindringlich, dass seine Karriere ernsthaft gefährdet sei, wenn er nicht trainieren könne.

»Daher meine Bitte, Monsieur Ragazin«, sagte François. »Unterstützen Sie dieses junge Talent. Bitte geben Sie Mahmud den Fußball zurück. Er wird es Ihnen danken.«

Monsieur Ragazin hatte die ganze Zeit mit offenem Mund dagestanden und der Rede von François aufmerksam gelauscht. Monsieur Ragazin musste einen Moment über die Ausführungen nachdenken.

»So«, sagte er schließlich.

Monsieur Ragazin sah Mahmud nachdenklich an. So wie der Franzose Mahmuds Charakter beschrieb, hatte er den Jungen noch nie gesehen. Aber er hatte keinen Zweifel, dass der junge Mann die Wahrheit sprach. Es war wirklich beachtlich, dass Mahmud den beiden Fremden in der Not geholfen hatte. Und das auch noch ohne Eigennutz.

»So ist das also«, sagte Monsieur Ragazin schließlich. »Da legen die zwei ein gutes Wort für dich ein, ja?«

Mahmud blickte erwartungsvoll zu Monsieur Ragazin auf und nickte stumm.

»Du willst also deinen Ball zurück?«, fragte Monsieur Ragazin.

Mahmud nickte abermals.

»Aber du versprichst, dass du nie wieder meine Gartentür als Fußballtor benutzen wirst?«

»Versprochen, Monsieur Ragazin.«

»Und dein Ball landet nie wieder auf meinem Teetisch?«

»Versprochen, Monsieur Ragazin.«

»Und du kickst deinen Ball auch nie wieder in meinen Garten?«

»Versprochen, Monsieur Ragazin.«

»Und du versprichst mir, dass du in deinem ersten Spiel in der Nationalelf ein Tor schießt?«

Mahmud zögerte. Dann huschte ein Lächeln über sein Gesicht.

»Ich werde mich bemühen, Monsieur Ragazin. Ich werde ein Tor schießen, Inschallah. Und ich werde dieses Tor Ihnen widmen, Monsieur Ragazin.«

»Lauf«, sagte Monsieur Ragazin lachend. »Aber, Moment, vergiss deinen Ball nicht!«

Für einen Augenblick verschwand Monsieur Ragazin hinter der Mauer seines Gartens. Kurz darauf erschien er wieder. In den Händen hielt er Mahmuds Fußball. Freudig nahm ihn Mahmud entgegen.

»Danke, Monsieur Ragazin!«, rief Mahmud. »Danke!«

Er eilte übermütig die Straße hinunter. Dabei winkte er François und Juli zum Abschied zu. Monsieur Ragazin sah dem Jungen schmunzelnd nach. Dann wandte er sich den beiden jungen Franzosen zu.

»Manchmal geschehen tatsächlich noch Wunder«, sagte Monsieur Ragazin. »Wie umgänglich der Junge auf einmal ist. Ich nehme an, das liegt an Ihrem guten Einfluss, meine Dame, mein Herr.«

Juli und François warfen sich einen verlegenen Blick zu. Eigentlich hatte Mahmud einen guten Einfluss auf sie gehabt.

Monsieur Ragazin ging einen Schritt zur Seite.

»Aber bitte, treten Sie doch ein«, sagte Monsieur Ragazin. »Sie sind meine Gäste. Ich hoffe, es ist Ihnen recht, dass ich Sie zu einer Tasse Pfefferminztee einlade?«

François zögerte keinen Augenblick.

»Aber gerne«, sagte er und lächelte Juli an.

Seine Freundin lächelte zurück. Und Monsieur Ragazin öffnete den Fremden die Tür zu seinem Garten.

»Du hast diese Geschichte wirklich erlebt«, fragt Joseph Omondi. Er sieht François eindringlich an.

»Diese beiden jungen Leute, Juli und François, das seid ihr, was? Du hast Mahmud, den Fußballstar, und Herrn Ragazin nicht erfunden, oder?«

»Aber nein«, antwortet François schnell. »Du siehst doch, Juli und ich sind aus Fleisch und Blut. Sehen wir etwa aus, als seien wir erfunden?«

Joseph Omondi lacht und klopft François auf den Schenkel.

»Natürlich seid ihr aus Fleisch und Blut«, ruft Joseph Omondi. »Sonst hättet ihr Ragazins Garten nicht betreten können.«

Er zwinkert Juli zu.

»Seitdem uns Herr Ragazin das Tor zu seinem Garten öffnete, hat uns Afrika nicht mehr losgelassen«, fährt François fort. »In den letzten Jahren haben wir viele afrikanische Länder besucht. Zuletzt waren wir in Mali.«

»Und jetzt sitzen wir hier, irgendwo in Kenia«, ergänzt Juli. »Vor einem schützenden Lagerfeuer. Über uns leuchtet ein einsamer Stern am Nachthimmel. Was kann es Schöneres geben?«

François blickt Juli an. Der Stern war ihr also auch aufgefallen. Denselben Stern hatten sie damals in Marokko gesehen.

»Ihr habt in Mali bestimmt Abenteuer erlebt, oder?«, fragt Joseph Omondi.

Er war begierig darauf, seiner Sammlung eine neue Geschichte hinzufügen zu können.

»Nun, auf Reisen erlebt man immer Abenteuer«, entgegnet Juli. »Vorausgesetzt natürlich, man hält die Augen offen.«

Juli blickt in die Gesichter der Mitreisenden.

»Wenn ihr wollt, erzähle ich euch eine Geschichte aus Mali. Allerdings haben wir sie nicht selbst erlebt. Sie wurde uns von einer jungen Frau erzählt, die wir in der Wüste Malis kennengelernt haben. Es ist die Geschichte von einem Meer ohne Wasser. Wollt ihr sie hören?«

Ein Meer ohne Wasser? Das klang vielversprechend.

»Aber ja«, sagt Joseph Omondi. Er blickt erwartungsvoll in die Runde. Die anderen nicken bestätigend mit den Köpfen. Alle wollen Julis Geschichte aus Mali hören.

Und Juli erzählt:

Bahr bela ma – Schriftzeichen im Wüstensand

»Weiterlesen, Tarek. Bitte!« Obwohl Aisha die Geschichte schon 100, vielleicht sogar schon 1000 Mal gehört hatte, konnte sie nicht genug davon bekommen. Die Geschichte erzählte von ihrem Volk, den Tuareg. Von damals, als sie noch ein reiches, stolzes Volk, das Volk der freien Menschen, das berühmte Wüstenvolk der blauen Reiter, waren. Und sie beschrieb das Ilugan, Aishas Lieblingsfest, das ihre Sippe schon so lange nicht mehr gefeiert hatte. Dann ziehen die Männer ihre besten Kleider an und suchen ihre schönsten Kamele aus. Auf denen reiten sie um die Frauen herum, die dicht beieinander sitzen, trommeln und die Männer mit spitzen, lauten Trillerschreien anfeuern. Ihr kühner Ritt soll nicht nur zeigen, dass sie die Frauen gut beschützen können, sie werben auch um die Anerkennung der Frauen.

»Bitte weiterlesen.«

»Ich weiß etwas Besseres«, entgegnete Tarek. »Du liest mir vor.«

»Ich kann doch gar nicht lesen. Das weißt du doch«, erwiderte Aisha enttäuscht. Manchmal fand sie die Späße ihres Freundes überhaupt nicht witzig. Dabei kannte Tarek ihren Wunsch ganz genau: Aisha wollte lesen können, genau wie Tarek – ach was – noch viel besser als Tarek. Aber wie sollte das gehen? Keiner aus ihrer Sippe konnte lesen, keiner außer Tarek.

Plötzlich blies der Wind in starken Böen. Er warf sich gegen die Zeltwand aus Ziegenleder und ließ die Zeltstangen zittern und ächzen. Aisha und Tarek schauten sich an, dann wagten sie einen Blick aus dem Zelt. Der Himmel hatte sich in dunkles, schmutziges Gelb verfärbt. Das Sonnenlicht war verdeckt, es herrschte eine bleierne Hitze. Gleichzeitig dröhnte die Luft, als würde gleich ein Hubschrauber neben dem Zelt landen.

Die beiden Freunde schauten sich erneut an. Sie wussten, dass ein Sandsturm im Anmarsch war. Schon der zweite Sandsturm in den letzten drei Tagen.

»Jamal ist bei den Ziegen. Armer Jamal«, sagte Aisha voller Mitleid. Sie wusste, dass ihr kleiner Bruder bei den Tieren bleiben musste. Dabei hasste er Sandstürme, wobei »hassen« vielleicht gar nicht das richtige Wort war. Er hatte Angst vor Sandstürmen, denn Jamal war so dünn und leicht und zudem hatte er eine blühende Fantasie. Er malte sich aus, wie der Sturm ihn hochhob und davonwehte. Irgendwohin, wo ihn niemand kannte, weit weg von der Wüste. Wo er nicht mal die Sprache verstehen würde. Wo er sich einsam fühlen würde.

»Armer Jamal«, murmelte Aisha noch einmal.

Draußen wurde massenhaft Sand aufgewirbelt, der den Ziegen, den Kamelen und den Menschen die Nasenlöcher verstopfte. Aisha stellte sich vor, wie ihr kleiner Bruder die Tiere zusammentrieb, sich zwischen sie kauerte und auf ein bisschen Schutz hoffte. Aber die Sandkörner würden ihn trotzdem finden und sich in seine Haut bohren. Und in seine Augen. In seine Ohren. Und in die Nase. Die Sandkörner würden zwischen den Zähnen knirschen und ihm die Sicht nehmen. Wo war oben? Wo unten? Jamal würde es nicht wissen. Mehr als ein, zwei Meter weit würde er nicht sehen können. Der Sand würde ihm das Atmen schwer machen. Vielleicht würde Jamal sogar das Gefühl haben, bald zu ersticken. Aisha kannte dieses beängstigende Gefühl allzu gut.

Genau wie ihr Bruder mochte auch sie keine Sandstürme. Aber hier, am Rande der Sahara, gehörten Sandstürme einfach dazu. Sie kamen, wirbelten alles durcheinander, was nicht niet- und nagelfest war, piesackten Menschen und Tiere. Mal dauerten sie ein paar Stunden, mal ein paar Tage. Dann verschwanden sie wieder, so als sei nichts geschehen. Niemand konnte etwas gegen sie tun.

»Armer Jamal«, sagte Aisha ein drittes Mal.

Der Sandsturm wurde heftiger. Er pfiff durch den Zelteingang, den Tarek nicht sorgfältig verschlossen hatte. Sandkörner peitschten herein. Aber nur ein paar Sekunden lang, denn Tarek hechtete zum Eingang und schloss die Sandkörner aus.

Dann machten es sich Aisha und er wieder im Zelt von Tareks Familie bequem. Das Zelt gehörte Tareks Mutter. Sie war die Targia. Allen Targias gehörten die Zelte und den Männern die Kamele. So war es schon immer bei den Tuareg. So würde es bleiben.

Die beiden saßen auf Matten, die aus den Blättern der Dattelpalme geflochten waren. Große Kissen dienten als Lehnen.

»Ich weiß, dass du nicht lesen kannst«, nahm Tarek das Gespräch wieder auf. »Noch nicht. Denn ich zeige dir, wie man ›bahr bela ma‹ schreibt. Du suchst im Buch danach und wenn ich wiederkomme, zeigst du mir, wo du es überall gefunden hast. Danach zeige ich dir das nächste Wort«, schlug Tarek vor.

»Bahr bela ma«, wiederholte Aisha verträumt. Sie liebte den Ausdruck. Bahr bela ma – Meer ohne Wasser. So nannten die Tuareg die große Wüste Sahara. Bahr bela ma.

Wenn ich wiederkomme ... Wenn ich wiederkomme, hatte Tarek gesagt. Erst langsam drangen seine Worte zu Aisha. Wiederkommen? »Du gehst? Wohin? Ziegen hüten? Aber das machen doch die kleineren Jungs, Jamal und die anderen. Du bist doch schon viel zu groß dafür.«

»Ach Aisha, kleine Aisha, hörst du denn gar nicht, was die Erwachsenen reden?« Tarek lächelte. Aisha lebte oft in ihrer eigenen Welt. Sie träumte viel, auch tagsüber. Gerade das gefiel dem jungen Mann.

Verlegen spielte Aisha mit ihren schwarzen Locken, dann wischte sie mit der Hand Sandkörner von der Matte. Was hatte sie nun schon wieder verpasst?

Aisha lebte zwar mit ihrer Sippe in den Zelten, ganz normal wie alle anderen Tuareg-Kinder auch. Sie half beim Ziegenmelken, manchmal molk sie auch die Kamele. Aisha liebte die etwas herbe und streng schmeckende Kamelmilch. Sie holte Wasser am Wasserloch, half beim Hirsekochen und klopfte die Schlafmatten aus. Sie half das Zelt abzubauen und auf die Esel zu packen, wenn die Sippe weiterzog. Sie sang mit den anderen Kindern, spielte mit Jamal und ihren Freunden und lauschte abends im Schein des Feuers dem Klang der Inzad. Wie kein anderer konnte ihr Vater dieser Geige mit nur einer Saite Töne entlocken.

Am liebsten aber lehnte Aisha am Stamm einer Tamariske oder einer Dattelpalme, träumte und dachte sich Geschichten aus. Geschichten, die in der Wüste oder in der großen Stadt Timbuktu oder sonstwo in Mali spielten. Geschichten von Menschen, Geschichten von Kamelen, oder von Beidem. Zu gerne würde Aisha wissen, wie es anderswo aussah: Wie die Leute in Timbuktu oder in Mopti aussahen und welche Kleider sie trugen. Wie der Niger aussah und roch und schmeckte und wie die Menschen über diesen Fluss gelangten. Doch das wusste nicht einmal Tarek. Und Tarek konnte immerhin lesen. Aisha hatte so viele Fragen, aber niemand aus ihrer Sippe konnte sie zufriedenstellend beantworten. Meistens taten sich für Aisha danach gleich noch zehn neue Fragen auf.

»Sobald der Sandsturm vorüber ist, ziehen die Männer mit den Kamelen los. Sie führen eine Karawane von Taoudeni nach Timbuktu. Dieses Mal werde ich auch dabei sein.« Stolz schwang in Tareks Stimme.

Vor Überraschung starrte ihn Aisha mit offenem Mund an. »Du darfst mit auf die weite Reise durch bahr bela ma, über die großen Sanddünen, nach Timbuktu, in diese riesige Stadt? Du wirst den breiten Niger sehen? Tarek, du musst alles ganz genau anschauen und mir dann alle Einzelheiten berichten! Von den Farben musst du mir berichten, von den Gerüchen und Geräuschen, von den Menschen, vom Leben in der Stadt. Alles.«

»Aber natürlich, kleine Aisha, ich werde dir viele Geschichten mitbringen. Nicht nur aus Timbuktu, auch aus der Wüste. Schließlich werden wir wochenlang im bahr bela ma unterwegs sein. Mit vielen Kaufleuten, die zusammen sicher durch die Sahara kommen wollen, mit ihren vollbepackten Kamelen, mit Datteln und Salz. Und wir werden sie sicher durch die Wüste führen.«

Aisha seufzte. »Ich möchte auch mitreiten, Tarek.«

»Ich weiß, kleine Aisha, ich weiß.«

Das Mädchen sprang auf. »Tarek, ich muss es versuchen. Ich werde Onkel Asad fragen.«

Schon riss sie die Zeltplane zur Seite und schlüpfte hinaus in den Sandsturm. »Du weißt doch, dass das nicht geht«, rief Tarek ihr nach. »Du bist viel zu jung. Und außerdem bist du ein Mädchen ...«

Aisha hörte ihn schon nicht mehr, der tobende Sturm verschluckte jedes andere Geräusch. Tareks Einwand hätte sie sowieso nicht umstimmen können.

Die Sandkörner stachen wie 1000 Nadeln. Mit einer Hand schützte Aisha ihre Augen, mit der anderen Hand die Nase. Die Lippen presste sie fest zusammen. Die Augen hatte sie fast geschlossen, sie sah nur durch zwei winzige Schlitze. Eigentlich hätte sie die Augen schließen können, denn der peitschende Sand erlaubte nur wenig Sicht. Sie tastete sich zum Zelt des Onkels.

»Kleine Aisha, schön, dass du mich besuchst«, begrüßte Onkel Asad seine Lieblingsnichte. Einladend klopfte er auf das Kissen neben sich. Aisha strahlte, als sie sich setzte. Onkel Asad war gerade dabei, seine große, prächtige Silberkette mit den kostbaren blauen Türkis-Steinen zu polieren. Sie sollte ihn auf der Reise vor den Wüstengeistern und dem bösen Blick schützen. Schließlich war der böse Blick mächtig. Wer ihn besaß, konnte einen Fluch über jemanden bringen oder ihn verhexen oder gar den Tod herbeiführen. Vor dem bösen Blick musste man sich unbedingt schützen.

»Lieber Onkel«, begann Aisha zögernd. Sie wusste nicht, wie sie ihre Frage besonders geschickt stellen sollte. »Lieber Onkel, großer Anführer unserer Sippe. Ich habe von der Karawane gehört, die du und die Männer begleiten und beschützen werden. Ihr werdet dafür sorgen, dass die Kaufleute, ihre Kamele und ihre Waren sicher nach Timbuktu kommen.«

Der Onkel spielte mit seinem Schnurrbart. Er nickte, schaute zufrieden drein und polierte weiter. Es war lange her, dass er das letzte Mal eine Karawane führen durfte. Früher, als er ein junger Mann war, waren seine Männer und er ständig in der Wüste unterwegs. Sie halfen den Händlern durch die Wüste, denn nur sie kannten die einigermaßen gefahrlosen Wege. Auch in der Weite des Sandmeers, wo es überall gleich aussah, wussten die Tuareg immer, wo sie waren. Nur sie wussten, wo es Brunnen gab. Doch heute fahren die meisten Händler mit Lastwagen durch die Wüste oder überqueren sie mit Flugzeugen. Das ist zwar viel teurer, dauert dafür nicht lange. Und so kam es, dass Asad nun höchstens einmal im Jahr eine Karawane führen konnte.

An seinem Lächeln sah Aisha, wie sehr sich Onkel Asad darauf freute. Sie hielt dies für ein gutes Zeichen. Aisha achtete nicht mehr auf eine geschickte Formulierung, sondern fragte ohne Umschweife: »Onkel Asad, nimmst du mich mit?«

Vor Überraschung wäre ihm beinahe die Kette aus der Hand gefallen.

»Bitte, lieber Onkel, bitte! Du weißt, ich kann stundenlang auf einem Kamel reiten. Die Hitze macht mir nichts aus, und auch nicht der Durst. Lieber Onkel, ich möchte so gerne die Schönheit von bahr bela ma kennenlernen und Timbuktu sehen und den großen Niger und ...«

Onkel Asads Handbewegung ließ sie verstummen. »Mädchen begleiten keine Karawanen. Das ist viel zu gefährlich und anstrengend. Das ist reine Männersache. Das war schon immer so.

Und so wird es auch bleiben. Außerdem geht es hier nicht um die Schönheit der Wüste und einen Ausflug nach Timbuktu. Es geht darum, dass wir den Händlern und ihren Waren Schutz vor Dieben und Angreifern gewähren und dass wir die große Handelskarawane sicher durch die Wüste geleiten und wenn nötig auch schießen. Die Händler vertrauen uns Tuareg, weil wir bahr bela ma in- und auswendig kennen.«

Schießen kann ich doch auch ein bisschen, wollte Aisha erwidern, doch ihr Mut war verflogen.

Als der Onkel sah, wie unglücklich seine Lieblingsnichte über die Antwort war, fügte er hinzu: »Die Frauen und Knaben hier brauchen auch gute Reiterinnen und mutige Unterstützerinnen. Sie brauchen dich, kleine Aisha.«

Was nützt es, dass ich eine gute Reiterin bin, wenn die Männer alle Kamele mitnehmen und ich dann sowieso nicht reiten kann? Doch auch diese Gedanken sprach sie ihrem Onkel gegenüber nicht laut aus. Dem Anführer der Sippe widersprach man nicht. Und Onkel Asad war der Anführer.

»Kleine Aisha, ich muss noch einiges vorbereiten. Morgen, sobald sich der Sandsturm gelegt hat, brechen wir auf.«

Aisha nickte traurig und verabschiedete sich.

Tarek brauchte nicht zu fragen, wie Asad auf Aishas Frage reagiert hatte. Er konnte es an ihrem unsagbar traurigen Blick erkennen. Seine mutige Freundin tat ihm leid, er wollte sie ablenken. »Bahr bela ma.« Tarek deutete auf die Schriftzeichen. »Präge sie dir genau ein.«

»Baaahhr beelllaaa mmaaaa.« Aisha fuhr mit dem Zeigefinger über die Schriftzeichen. Noch ergaben sie keinen Sinn. »Ich werde üben«, versprach sie. Wenigstens würde sie etwas lernen können.

»Wenn du lesen kannst«, versprach Tarek feierlich, »dann schenke ich dir dieses Buch. Und dann liest du mir die Geschichte vom Ilugan-Fest vor.«

Aisha nickte eifrig. Tarek war der Einzige, der ihren Wissensdurst ein wenig stillen konnte. Das Lesen hatte er sich selbst beigebracht. Heimlich. Mit dem Buch, das er in der unendlichen Weite der Wüste gefunden hatte. Es lag einfach da, als habe es auf ihn gewartet. Stundenlang hatten sich Aisha und Tarek ausgemalt, wer das Buch verloren haben könnte. Und wieso. Vielleicht bei einem Überfall oder einem Unglück oder einfach durch Zufall? Außer dem Buch fand Tarek damals keine Spuren. Der Wind hatte sie längst weggefegt, aber er hatte das Buch nicht mit Sand zugeweht. Bahr bela ma wollte, dass Tarek das Buch fand. Das stand für die beiden felsenfest.

Einige Seiten hatte der Wüstenwind zwar bereits zerfleddert, manche Seiten fehlten ganz. Doch das störte Tarek nicht. Für ihn war das Buch ein Schatz. Sein Schatz. Er versteckte es vor den anderen, denn die hätten es sicherlich genommen, um ein Feuer zu entfachen. In jeder freien Minuten starrte Tarek von nun an auf die Zeichen. Zuerst ergaben sie keinen Sinn. Als er das Buch enttäuscht wieder der Wüste überlassen wollte, hatte ihn Aishas Vater entdeckt. Er konnte die Schriftzeichen entziffern. In Tarek fand er einen gelehrigen Schüler. Es dauerte lange, bis die Schriftzeichen auch für Tarek einen Sinn ergaben. Und noch länger, bis er die wunderschöne Geschichte seiner Freundin Aisha vorlesen konnte. Nur sie teilte seine Leidenschaft für Schriftzeichen und für Geschichten. Genau wie ihr Vater, der starb, als Aisha noch ganz klein war. Zu klein, um die Schriftzeichen zu lernen.

»Der Sturm hat nachgelassen«, sagte Tarek. »Ich schaue nach den Kamelen.«

»Ich komme mit.« Aisha schnappte die Guerba, den Beutel aus Ziegenhaut, und hängte ihn sich über die Schulter. Sie musste Wasser holen. Und sie wollte nach Jamal schauen.

Der Himmel war beinahe klar, die Kamele lagen dicht beieinander und kauten wieder. Nur der von den Sandkörnern blankgeschliffene Wasserkanister erinnerte noch an die sandige, stürmische Laune des Windes. Tarek ging zwischen den Kamelreihen hindurch und kontrollierte den Sitz ihres Zaumzeuges. Sie hatten den Sturm gut überstanden.

Aisha folgte ihm. Das Mädchen tätschelte das wollige Fell der Tiere und strich sanft über ihre Höcker, die Fettreserven für Notzeiten. Sie blinzelte den Kamelen zu und hoffte, dass sie zurückblinzeln würden. Für Aisha gab es an einem Kamel nichts Schöneres als die dunklen Augen mit den langen Wimpern. Aisha sog den scharfen Geruch der Tiere ein und blinzelte noch einmal. Doch keines der Kamele dachte daran zurückzublinzeln.

Sie stapfte durch den Sand. Der Sturm hatte den Trampelpfad zum Brunnen verweht. Doch Aishas Orientierung war hervorragend, wahrscheinlich hätte sie den kümmerlichen Brunnen auch mit verbundenen Augen gefunden. Der Brunnen war nichts weiter als ein kleines Wasserloch, das mit Blech zugedeckt war. Aisha rollte die schweren Steine zur Seite, die das Blech auf dem Wasserloch hielten und schaute in das Loch.

»Das Wasser wird immer weniger«, murmelte sie vor sich hin.

Sie hätte schwören können, dass vor zehn Tagen, als sie hier ihr Lager aufschlugen, noch mehr Wasser im Brunnen war. Aisha wusste, was das bedeutete. Wenn das Wasser noch knapper wurde und auch die paar Grashalme für die Ziegen verschwunden waren, würden sie ihre Zelte abbauen. Die Frauen würden auch ohne ihre Männer aufbrechen, sie würden die Zeltstangen und die Ziegenhäute auf die Esel laden, das ganze Hab und Gut verstauen und dann weiterziehen. Zum nächsten Lagerplatz, zum nächsten Brunnen. Die Männer würden den neuen Platz finden. Sie hatten bisher jeden Lagerplatz in der Wüste gefunden. Immer länger musste die Sippe mittlerweile wandern, oftmals tagelang, während die Brunnen immer weniger Wasser hatten. Jahr für Jahr regnete es seltener. Letztes Jahr blieb der Regen ganz aus, genauso im Jahr zuvor.

Vorsichtig zog Aisha den Eimer, der an einem Seil befestigt war, nach oben und schüttete das Wasser behutsam in den Wassersack. Dabei musste sie höllisch aufpassen, dass kein Tropfen danebenging. Wasser war kostbarer als jeder Edelstein.

Dann legte sich Aisha den Beutel wieder über die Schulter

und ging zurück Richtung Zelte. Hinter einem gewaltigen Felsbrocken tauchte plötzlich Jamal auf. Ihm folgte die ganze Ziegenherde. Aisha rannte ihrem Bruder entgegen. Schon von Weitem konnte sie erkennen, dass Jamal im Sandsturm keinen ausreichenden Schutz gefunden hatte. Seine sonst schwarzen Haare waren weiß, sein Gesicht, selbst die Lippen waren von einer Sandkruste überzogen. Nur die Augen leuchteten braun aus seinem weißen Sandgesicht. Sein dunkelblaues, weites Oberteil mit den langen Ärmeln war genauso sandig wie seine lange Hose.

»Ein Sandmännchen«, sagte Aisha lachend. Doch was war das? Ihr Sandbruder war nicht allein. Neben ihm ging eine Person, die ein Kamel führte. Sie trug den blauen Tagulmust, den Turban, um den Kopf geschlungen, wie es die Männer machten. Und sie hatte ein wadenlanges Hemd und eine Hose an. Männerkleidung, die allerdings genauso sandig aussah wie Jamals Gewand. Trotzdem hätte Aisha schwören können, dass es eine Frau war. Doch die Person war allein in der Wüste unterwegs, allein mit zwei Kamelen und einem Esel. Das konnte keine Frau sein. Aisha hatte noch nie von Frauen gehört, die so etwas taten. Aufgeregt rannte sie den beiden entgegen.

»Ich bringe Besuch mit«, rief ihr Jamal schon von weitem zu. Er schien vor Stolz fast zu platzen. »Namjah und ich haben zusammen den Sandsturm überstanden.«

»So seht ihr auch aus«, antwortete Aisha kichernd, die alle Höflichkeit vergessen zu haben schien. Dann blieb sie abrupt stehen. Namjah? Das war eindeutig ein Frauenname.

»Friede sei mit dir und guten Tag, Aisha«, sagte die Frau auf Tamacheq, der Sprache der Tuareg.

»Friede sei auch mir dir, Namjah«, presste Aisha verblüfft hervor. Sie war völlig durcheinander. Kein Wunder: Eine Frau in Männerkleidern kam allein aus der Wüste und marschierte nach einem heftigen Sandsturm mit ihrem Bruder daher, als wäre es das Normalste auf der Welt. Obwohl sie allein unterwegs war, machte die Frau einen fröhlichen Eindruck. Aisha konnte den Blick einfach nicht von Namjah wenden. Was wollte sie?

Warum war sie allein? War ihr ein Unglück zugestoßen? Aber warum war sie dann so fröhlich? Und warum hatte sie zwei kostbare Kamele bei sich? Aisha hätte viele Fragen gehabt, doch sie wusste, dass es das Vorrecht des Oberhaupts ihrer Sippe war, all die Fragen zu stellen.

»Onkel Asad! Onkel Asad!«

Rasch kam der Onkel aus dem Zelt. Aisha konnte sehen, wie seine dunklen Augen vor Überraschung blitzten, als er Namjah sah. Er hatte das meterlange indigoblaue Tuch so gebunden, dass jeder, der sich auskannte, sah, dass er ein Adeliger war. Wie er dastand, aufrecht, mit seinem blauen Hemd, das ihm bis zu den Waden reichte, und seiner schwarzen, engen Hose sah er fast schon majestätisch aus.

Tarek, der ebenfalls herbeigelaufen war, nahm Namjah die Zügel der Kamele und des Esels ab. Onkel Asad bat die Frau ins Zelt. Unbemerkt schlüpfte Aisha hinterher. Das Mädchen verkroch sich in die hinterste Ecke der Frauenseite und sah, wie der Onkel mit seiner Ledersandale die Glut des Feuers wieder entfachte. Während er aus einem fest verknoteten Tuch eine kleine Emaillekanne wickelte, kam Tante Dalia ins Zelt. Mit ihr traten auch Aishas Mutter und Tareks Vater ein. Sie begrüßten die Frau höflich. Aisha konnte ihnen ansehen, dass sie mindestens genauso neugierig waren wie sie selbst.

Vorsichtig goss Onkel Asad Wasser aus dem Kanister in die Kanne und stellte sie in die Glut. Tante Dalia reichte ihm ein Päckchen Schwarztee und eins mit Zucker. Dann stellte sie kleine Teegläser auf ein Silbertablett. Als das Wasser kochte, gab der Onkel die Teeblätter in die Kanne. Kurz darauf goss er den Tee elegant mit hohem Schwung zielgenau in die Gläser. Nur, um ihn dann sofort wieder in die Kanne zurückzugießen. Erst nachdem er dies mehrmals wiederholt hatte, wurde der Tee serviert. Als Zeichen des Genusses schlürften alle laut. Keiner sprach ein Wort. Drei Gläser Tee wurden serviert, weniger wäre eine Beleidigung gewesen. Drei Gläser mussten es sein, so war es Sitte. Das erste Glas schmeckte bitter wie das Leben. Das zweite Glas süß wie die Liebe. Und das dritte Glas sanft wie der

Tod. Wenn der Gast den Tee getrunken hatte, stand er unter dem Schutz der Tuareg.

Aisha hielt es kaum noch aus. Lautlos kroch sie zu ihrer Mutter, nippte auch einmal an dem heißen Tee. Aber am liebsten hätte sie die Frau mit Fragen überhäuft. Unterdessen hatte Namjah den Turban abgelegt. Ihre langen, schwarzen Haare waren zu einem Zopf gebunden. Ihre Haut war dunkelbraun und ihre Zähne blitzten im fahlen Licht innerhalb des Zeltes.

»Wohin führt dich dein Weg?« Endlich brach Onkel Asad das Schweigen. »Du bist ganz allein. Steckst du in Schwierigkeiten?«

»Nein«, antwortete die Frau mit dunkler, rauer Stimme. »Ich wollte zu euch. Man schickt mich. Ich heiße Namjah.«

Alle schauten sich verwundert an. Eine Frau ritt zu ihnen allein durch die Wüste. Wer schickte sie? Wer machte denn so etwas Gefährliches und warum?

Die Frau schien die Fragen zu erahnen, denn ohne Umschweife begann sie zu berichten. Schon nach den ersten Sätzen schwirrte Aisha der Kopf. So viele Wörter, deren Bedeutung sie nicht kannte. Hilfsorganisation. Spenden. Lehrerstelle. Aisha war noch damit beschäftigt, dem Klang der Stimme zu lauschen, als die entscheidenden Worte fielen.

»Sie schicken mich, damit ich eure Kinder im Lesen, Schreiben und Rechnen unterrichte. Und damit ich den Frauen zeige, wie sie die Geburt eines Kindes gefahrloser überstehen können.«

Lesen, schreiben, rechnen. Plötzlich saß Aisha kerzengerade und strahlte Namjah an. Vor Aufregung pochte Aishas Herz wie nach einem schnellen Ritt durch die Kieswüste. Lesen, schreiben, rechnen war genau das, was Aisha lernen wollte. Und noch viel mehr. Lernen! Selbst Onkel Asad konnte nichts dagegen haben.

Sie schaute zu ihm hinüber. Der Onkel blickte ungewöhnlich grimmig drein. »Unsere Frauen wissen, wie sie die Kinder zur Welt bringen. Sie machen das schon seit Hunderten von Jahren so. Sie lernen das Wissen von ihren Müttern. Und unsere Kinder müssen lernen, in der Wüste zu überleben. Dafür braucht man nicht lesen und schreiben zu können«, meinte Onkel Asad nach einer Weile ungewöhnlich barsch. Dazu machte er eine Handbewegung, als wolle er ein lästiges Insekt verscheuchen.

Normalerweise war dies das Zeichen, dass nun genug gesagt war. Doch Namjah gab noch nicht auf. »Ehrwürdiger Asad. Auch ich bin in einem Nomadenzelt geboren. Auch meine Mutter wusste von ihrer Mutter, was bei der Geburt eines Kindes zu tun war. Trotzdem sind zwei meiner Brüder und eine Schwester bei der Geburt oder kurz danach gestorben. Sie hätten vielleicht überlebt, wenn meine Mutter und die anderen Frauen mehr über Geburtshilfe und Kindermedizin gewusst hätten.«

Tante Dalia seufzte, auch sie hatte vier Kinder verloren, einen Jungen bei der Geburt und drei Mädchen ein paar Tage nach der Geburt. Nun war sie kinderlos.

»Vielleicht sollten wir uns erst einmal weiter anhören, was Namjah zu sagen hat«, erwiderte sie deshalb und wischte sich verstohlen eine Träne von der Wange.

Namjah erzählte, wie ihre Sippe damals unter der großen Dürre litt, wie alle ihre Ziegen und viele Kamele starben und ihnen nichts anderes übrig blieb, als nach Timbuktu zu ziehen. Dort hofften sie auf ein besseres Leben. Sie tauschten das Wüstenzelt gegen ein Zimmer in der Stadt. Doch keinem gefiel es dort, denn alle vermissten die Weite, die Stille der Wüste und den Sternenhimmel. Dennoch hatte der Umzug etwas Gutes: Namjah konnte zur Schule gehen. Sie lernte eifrig, studierte sogar und wurde Lehrerin und Krankenschwester. »Trotzdem habe ich die Wüste nie vergessen. Immer wollte ich zurück nach bahr bela ma. Und nun bin ich hier. Selbst der Sandsturm konnte mich von meiner Entscheidung nicht abbringen«, sagte sie zum Schluss.

»Auch wir haben große Probleme«, gab der Onkel ungewöhnlich offen zu. »Aber was wir brauchen sind nicht Lesen und Schreiben, sondern Hirse und Datteln. Die Zeiten sind schlecht. Wir können niemanden zusätzlich durchfüttern.«

»Das braucht ihr auch nicht«, entgegnete Namjah mit entwaffnendem Lächeln. »Die Hilfsorganisation sorgt für mich und hat mir genügend Reis und Weizen und Tee und Datteln mitgegeben. Es reicht für viele Wochen. Wenn ich mehr brauche, bekomme ich Nachschub. Für mich will ich nur einen Platz, an dem ich meine Schlafmatte ausrollen kann. Und einen Schattenplatz für den Unterricht.«

»Für eine so wichtige Entscheidung kommst du zu einem denkbar schlechten Zeitpunkt«, sagte Onkel Asad. »Wir Männer reiten morgen los, um eine Karawane nach Timbuktu zu führen. Wir werden viele Wochen unterwegs sein. Bis morgen gibt es noch viel zu tun. Es fehlt uns die Zeit, um über dein Angebot zu beratschlagen.« Onkel Asad stand auf. Für ihn war die Unterredung nun endgültig beendet.

Er war zwar ein edler Tuareg, ein Oberhaupt, das sich gut um seine Sippe sorgte. Aber Onkel Asad war kein moderner Mensch. Onkel Asad wollte so leben wie sein Vater und seine Großväter. Noch nie war ein Kind seiner Sippe unterrichtet worden. Noch nie war den Frauen von Fremden gesagt worden, wie sie ihre Kinder zur Welt bringen sollten. Onkel Asad sah nicht, dass sich seine Welt veränderte, manchmal auch zum Besseren. Er vertraute auf das, was er kannte.

Namjah kannte die Regeln der Tuareg. Es waren auch ihre Regeln. Immer trauriger wurde ihr Gesichtsausdruck bei Asads Rede. Sie kannte auch die Regeln der Gastfreundschaft, natürlich könnte sie hier im Zelt eine Nacht verbringen. Aber Namjah war auch stolz. Wo man sie nicht wollte, da wollte sie auch nicht bleiben. Sie konnte sich ein Gähnen kaum noch verkneifen. Obwohl sie schrecklich müde war, band sie bereits ihren Tagulmust wieder und machte sich zur Weiterreise bereit.

Tante Dalia nahm ihren Mann beiseite und flüsterte ihm schmeichelnd zu. »Oh, mein kluger Asad. Siehst du nicht, dass du Namjah gekränkt hast. Sie wird nun aufbrechen. Sie wird hinaus in die Dunkelheit gehen. Wo soll sie hin? Sie braucht ein schützendes Zelt. So, wie du sie behandelt hast, verstößt das gegen unsere Gastfreundschaft. Sie ist von weit her gekommen. Sie wird hungrig sein und durstig und muss sich erst einmal ausruhen. Ich weiß, dass du großzügig und gastfreundlich bist, mein lieber Mann. Darum werde ich sie in deinem Namen einladen.«

Man konnte Onkel Asad ansehen, dass er über Dalias Bitte nicht sonderlich erfreut war. Aber das Gebot der Gastfreundschaft ging in einem Nomadenzelt über alles. Sein Brummen deutete Dalia als Zustimmung.

»Tapfere Namjah«, begann Tante Dalia, »du wirst doch jetzt nicht aufbrechen wollen? Es ist beinahe dunkel. Du bist in unserer Sippe für heute Nacht willkommen.« Dalia zwinkerte ihr vielversprechend zu.

»Vielen Dank, ehrwürdiger Asad. Vielen Dank, ehrwürdige Dalia«, sagte Namjah nur. Solch eine Einladung durfte sie nicht ausschlagen. Außerdem war sie froh, die Nacht nicht allein in der Wüste verbringen zu müssen.

»Du musst müde sein«, mischte sich nun Aishas Mutter ein. »Mein Zelt ist auch dein Zelt. Bei uns kannst du dich ausruhen. Schließlich hat dich mein Sohn Jamal hierher gebracht und meine Tochter Aisha löchert mich schon seit Jahren mit Fragen, die ich leider nicht beantworten kann.«

»Was wird dein Mann dazu sagen?«, wollte Namjah wissen.

Aishas Mutter schaute zum Zeltdach, doch es schien, als ginge ihr Blick viel höher, hoch in den Himmel, dann antwortete sie: »Mein lieber Mann würde bestimmt nichts dagegen haben. Ihm war die Gastfreundschaft heilig, selbst in seinen letzten Tagen.«

Namjah verneigte sich, während Aishas Herz wie wild hüpfte. Wenigstens für eine Nacht hatte sie eine Lehrerin an ihrer Seite.

»Ich werde dir einen Tee zubereiten. Danach kannst du dich ausruhen und später mit uns essen«, sagte die Mutter.

Leise schlich Aisha aus dem Zelt. Draußen leuchtete ein Meer voller Sterne. Funkelnd und klar. So als hätte nicht Stunden zuvor ein heftiger Sandsturm getobt. Außer dem zufriedenen Schmatzen eines Kamels war nichts zu hören. Es war so still, dass Aisha hören konnte, wie ihr eigenes Blut in den Adern rauschte. Sie konnte die Umrisse des gewaltigen Felsbrockens erkennen, der den Zelten etwas Windschutz gab. Sie erahnte die Silhouette der Sanddünen und sah die Schatten der Kamele. Sie schaute erneut zum Himmel. Eine Sternschnuppe löste sich aus dem Sternenmeer. Schnell schloss Aisha die Augen und wünschte sich etwas. Etwas, das sie niemandem verriet, dennoch hätte jeder, der Aisha auch nur ein bisschen kannte, ihren Wunsch sofort erraten. Sie winkte dem Sternenhimmel zu und flüsterte: »Danke, Papa.«

Im Zelt ihrer Familie flackerte bereits ein Feuer. Von draußen konnte Aisha hören, was Tante Dalia sprach: »Liebe Namjah, ab morgen bis zur Rückkehr der Männer bin ich das Oberhaupt der Sippe und für unser aller Wohl zuständig. Ich möchte dich einladen, bei uns zu bleiben, uns dein Wissen zu lehren und uns eine gute Freundin zu werden. Zumindest so lange, bis die Männer zurück sind. Sie werden dann letztendlich entscheiden, wie es in Zukunft sein soll. Aber unterschätze unseren Einfluss nicht. Wenn wir Frauen wollen, dass du bei uns bleibst, dann werden auch die Männer nicht anders abstimmen können.«

Aisha schaute in die Wüstennacht. Nun war es ihr egal, dass die Männer ohne sie durch bahr bela ma nach Timbuktu ritten. Es war ihr vorerst auch egal, dass sie die große, quirlige Stadt und den gewaltigen Niger nicht sehen würde. Sie würde ganz andere Reisen unternehmen. Reisen in die Welt des Wissens. Endlich würden ihre vielen Fragen beantwortet werden. Dank Namjah. Dank der mutigen, jungen Frau, die allein durch die Wüste geritten war. Wenn Tarek nach Wochen wieder bei ihr sein würde, konnte sie ihm bestimmt mehr vorlesen als nur bahr bela ma.

Aisha hörte das laute, fröhliche Lachen der Frauen und das Klappern des Geschirrs. Voller Zuversicht blickte sie noch einmal in den Sternenhimmel. Ach, wie sehr freute sie sich auf morgen.

»Das war die Geschichte von Aisha«, sagt Juli. »Wir haben sie in Mali kennengelernt. Vor einigen Jahren hat ihr Namjah rechnen, lesen und schreiben beigebracht. Heute ist Aisha selbst Lehrerin.

Für einen Moment verweilen Julis Augen bei Nango. Die Blicke der beiden treffen sich. Nango versteht, dass nun er an der Reihe ist, eine Geschichte zum Besten zu geben. Der schlaksige junge Mann steht auf. Er verbeugt sich schmunzelnd vor seinem Publikum.

»Ich darf mich vorstellen«, sagt er. »Mein Name ist Nango. Aber das wisst ihr ja schon. Was viele von euch nicht wissen, dass ich von weit her komme. Aus einem Land, in dem der Sambesi fließt. Ich lade euch zu einer Bootstour auf dem Sambesi ein. Heute Abend können wir kein Boot mehr zu Wasser lassen. Daher bleibt unsere Reise eine Reise im Kopf. Sie beginnt vor einigen Jahren, als ich noch ein Junge war.«

»Wir werden dich auf deiner Reise auf dem Sambesi gerne begleiten«, sagt Joseph Omondi.

Auch die anderen sind neugierig, was Nango zu berichten hat.

Und Nango erzählt:

Zwischen Flusspferden und Elefanten

Salo winkt und wedelt hektisch mit den Armen. Das Winken gilt ihm, Nango, dem jüngeren Nachbarjungen. Nango läuft über die Sandstraße. Seit Benzin so unglaublich teuer geworden ist, fährt auf der Dorfstraße nur selten ein Auto.

»Hallo Salo, was gibt's«, sagt Nango scheinbar cool.

Eigentlich ist er stolz, dass Salo ihm etwas erzählen will.

Schließlich finden den 18-jährigen Salo alle Jungs des Dorfes klasse. Er kann traumhaft Fußball spielen, mit einem Paddel beherrscht er ein Boot wie kein Zweiter im Dorf, und er ist bei den Mädels beliebt. Eigentlich kann Salo alles, nur eins nicht: Ruhig bleiben. Sobald er aufgeregt ist, quasselt er in einem irren Tempo. Und genau das ist im Moment der Fall.

Nango versteht nur ab und zu etwas. Meist nicht mehr als zwei Wörter, immer dann, wenn Salo kurz Luft holt. »Job bekommen«, hört er, »Bootstour Sambesi«, »Strecke nochmal«, »Boot testen.« Dann versteht Nango eine ganze Weile nichts mehr, bis die entscheidenden Wörter fallen, die er alle versteht: »Kommst du mit?«

Nango starrt Salo an. Die Bedeutung des Redeschwalls dringt erst nach und nach zu ihm. Langsam kapiert Nango: Salo hat den Job als Bootsführer bekommen. Den Traumjob. Er wird mit Touristen auf dem Sambesi paddeln. Wie sehr hat Salo dafür Englisch gepaukt, alles über die Tiere, die es dort gibt, und über mögliche Gefahren gelernt. Paddeln musste er nicht üben. Paddeln kann er sowieso.

Normalerweise paddeln die Leute aus dem Dorf nie auf dem großen Sambesi, sondern meist auf dem kleinen Kanal, der am Dorf vorbeiführt. Aber der Kanal fließt in einen Nebenfluss des Sambesi, der irgendwo in den großen Fluss mündet. Salo ist die Strecke schon gepaddelt. Vom Dorf zum Sambesi und wieder zurück. Eine gewaltige Tour. Als er wieder im Dorf ankam, haben ihm alle anerkennend auf die Schulter geklopft.

Und nun möchte Salo die Strecke testen, die er mit den Touristen fahren wird. Zusammen mit Nango.

»Kommst du mit?«, fragt Salo noch einmal, und schaut Nango bittend an. Der grinst. Eine Paddeltour auf dem Sambesi. Ob er mitkommt? Was für eine Frage! Was für eine absolut unnötige Frage! Mit Salo auf dem Sambesi, er kann sich kein größeres und besseres Abenteuer vorstellen.

»Was ist? Keine Zeit? Schon was anderes vor?« Ungeduldig tritt Salo von einem Bein aufs andere.

Was sollte Nango am Wochenende schon vorhaben? Vielleicht würde er mit seinen Kumpels kicken. Vielleicht musste er seinem Vater auf dem Feld helfen. Nichts, was er nicht verschieben konnte.

»Klar komme ich mit«, antwortet Nango noch breiter grinsend. Sicherlich würden seine Eltern nichts gegen die Bootstour haben. Sie haben Salo aufwachsen sehen und vertrauen ihm.

»Super«, ruft Salo und hebt seinen Freund einige Zentimeter hoch, dreht sich mit ihm im Kreis, bevor er Nango wieder auf den Boden lässt. »Das wird ein Spitzenwochenende, Kumpel«, sagt er. »Ein absolutes Spitzenwochenende.«

»Sehen wir auch Tiere?«

»Jede Menge, das verspreche ich dir. Auch Impalas«, meint Salo.

Nango findet Tiere toll, vor allem Impalas. Die Antilopen sind so grazil und können unglaublich weit springen. Bis zu neun Meter weit. Das traut man ihnen nicht zu und genau das fasziniert Nango.

Am nächsten Morgen stehen sie am Ufer des Sambesi. Was für ein gewaltiger Fluss. Der viertgrößte in Afrika. Nur der Nil, der Kongo und der Niger sind größer. 2700 Kilometer dauert die Reise des Sambesi von der Quelle bis zum Indischen Ozean. Hier, wo sie stehen, ist der Sambesi unglaublich breit. Es sind mindestens 600 Meter bis zum anderen Ufer. Wahrscheinlich sogar mehr.

Früh schon waren die beiden Freunde auf einem Lastwagen voller Tomaten mitgefahren, der in die Stadt zum Markt unterwegs war. Von dort ging es mit einem geliehenen Moped zum Sambesi.

»Da seid ihr endlich«, begrüßt sie Greg, Salos neuer Kollege. Er hatte das Kanu hierher gebracht. »Alles klar? Sorry, aber ich habe nicht viel Zeit. Ich muss einem Kumpel beim Umzug helfen.«

Salo nickt. »Klar, Mann. Wir sehen uns morgen Abend.«

Sonnenstrahlen tanzen auf dem Wasser. Es glitzert und funkelt. Nango sieht erst zum Fluss, dann zu Salo. Sie zwinkern sich zu, klatschen sich ab. Sie sind bereit für das Abenteuer Sambesi.

»Auf Flusspferde und Krokodile müssen wir besonders acht geben«, meint Salo, während sie den Proviant ins Boot laden. »Von beiden gibt's hier mehr als genug.«

Nango schluckt. »Krokodile?«

»Ja, klar Krokodile, aber kleine. Normalerweise lassen sie uns in Ruhe. Aber wir sollten besser nicht ins Wasser fallen. Vielleicht kommen sie dann auf den Geschmack«, antwortet Salo feixend.

Nango schluckt noch einmal. Vor Krokodilen, auch vor kleinen, hat er Mordsrespekt. Er weiß, dass in ihren Kiefern unglaubliche Kräfte stecken und ihre Zähne automatisch alle zwei Jahre durch neue ersetzt werden. Sie wachsen einfach nach. Auch im langen Krokodilschwanz steckt ungeheuer viel Kraft. »Krokodile! Das kann ja heiter werden. Krokodile und Flusspferde. Na, Flusspferde sind halb so wild, die dösen die meiste Zeit gelangweilt im Wasser und wackeln höchstens mit ihren kleinen Ohren«, denkt Nango. Noch hat er keine Ahnung.

Endlich sitzen die beiden im Kanu. Nango vorne, Salo hinten. Denn Salo ist der Steuermann und der Kapitän in einer Person. Sie stoßen sich leicht vom Ufer ab, bleiben aber nur zwei Paddellängen davon entfernt.

»Die Flusspferde halten sich gerne im tieferen Wasser auf, da ist es für uns besser, wir bleiben im flachen Uferbereich«, erklärt Salo, noch bevor Nango ihm genau diese Frage stellen kann. Nango gibt sich damit zufrieden. Er konzentriert sich auf seine Paddelschläge, versucht seinen Rhythmus zu finden. Links eintauchen, rechts eintauchen, gleichmäßig, links, rechts.

»Fels auf der rechten Seite«, ruft Salo und steuert gekonnt Richtung Flussmitte. Nango paddelt weiter, nebenher schaut er zum Fels. Und schluckt. »Salo, dort. Salo schau.« Er hört auf zu paddeln. Sein Herz pocht. Auf dem Fels sonnen sich zwei Krokodile. Keine drei Meter vom Boot entfernt. Er sieht den langgestreckten Kopf mit den kleinen Augen. Sie scheinen das Boot mit ihren Blicken zu verfolgen, ohne dass sich ihre Köpfe auch nur einen Zentimeter bewegen. Nango schluckt noch einmal. »Das, das sind Krokodile«, stammelt er ängstlich. Mehr fällt ihm nicht ein.

Salo lacht. »Willst du mich veräppeln?«

»Veräppeln? Blödsinn! Siehst du die Viecher nicht?« In Nangos Stimme liegt ein Zittern.

Salo lacht noch lauter. »Wir sind auf den letzten 200 Metern bestimmt an sieben oder acht Krokodilen vorbeigepaddelt. Hast du die nicht gesehen?«

Nein, hatte er nicht! Wie peinlich! Nango war ganz ins Paddeln vertieft. Er hatte sich nicht ums Ufer gekümmert. Hatte zwar aus den Augenwinkeln gesehen, dass dort Gras wächst, aber dass im Gras Krokodile liegen, nein, davon hatte er keinen Schimmer.

Es kann nicht so gefährlich sein, versucht sich Nango selbst zu beruhigen. Wäre es gefährlich, wäre das nichts für Touristen. Ganz bestimmt ist das so. Mit zitternden Armen und hochgezogenen Schultern versucht er zu paddeln, als sei nichts geschehen. Salos breites Grinsen kann er nicht sehen.

Immer wieder gleitet Nangos Blick nun zum Ufer. Da liegt schon wieder eines dieser Biester. Höchstens fünf Meter weiter das nächste. Zwar muss Nango ganz genau hinschauen, um die Krokodile zu sehen, aber sie sind da. Einige. Viele. Sie sonnen sich am Ufer.

»Letzte Überlebende der Archosaurier«, berichtet Salo. »Die Echsen gehören zu den ältesten Tieren dieser Welt. Wie gesagt, die waren schon da, als es noch Saurier gab. – Sie jagen in der Nacht. Im Wasser.«

Nango nickt nur und ist froh, im Boot zu sitzen und nicht am Ufer entlang spazieren zu müssen. »Wie gut, dass es noch lange nicht dunkel wird«, denkt er erleichtert.

Es ist ruhig auf dem Fluss. Nur das Eintauchen der Paddel ist zu hören. Und das Gezwitscher der Vögel, allen voran das Gezwitscher des Gelbschnabeltokos. Eigentlich kann man bei ihm nicht von Gezwitscher, sondern muss von Gekreische sprechen.

Nangos Anspannung lässt nach. Was er sieht, ist viel zu schön, um angespannt zu sein: Die Krokodile liegen regungslos am Ufer, sie sehen wie ausgestopft aus. Außer den Krokodilen entdeckt Nango auch schwarz-weiße Störche mit rotem Schnabel. Sie scheinen keine Angst vor den Echsen zu haben. Ein Warzenschwein traut sich ans Ufer, um seinen Durst zu stillen. Eine Pavianfamilie balgt in der Nähe. Zwei Rappenantilopen schauen ihnen zu. Rappenantilopen findet Nango auch gut. Nicht so toll wie Impalas, aber auch gut. Sie alle lassen sich von den Krokodilen nicht stören. »Vielleicht wissen die Tiere, wann die Krokodile satt und wann sie hungrig sind«, überlegt Nango. Hungrig ist er so langsam auch. Außerdem werden seine Arme schwer. Kein Wunder bei dem Gegenwind.

»Flusspferde rechts«, ruft Salo. Es klingt wie ein Kommando. Automatisch zieht Nango wieder die Schultern nach oben, hört auf zu paddeln und schaut sich um. Er kann nur drei Paar Ohren und Augen im Fluss erkennen. »Das kann doch nicht so schlimm sein«, denkt er. Doch Salo klopft mit dem Paddel aufs Boot. Einmal, zweimal, fünfmal. Aus drei Augen- und Ohrenpaaren werden acht, neugierig, wie Flusspferde nun einmal sind, taucht die ganze Gruppe auf, um zu sehen, was der Krach bedeutet. Eines dieser Kolosse ist höchstens vier Meter vom Boot entfernt. Fasziniert schaut Nango den gewaltigen Kopf mit den kleinen Äuglein und Ohren an. Dann reißt das Flusspferd sein Maul auf. Riesige, spitze Eckzähne kommen zum Vorschein. Nun ganz und gar nicht mehr fasziniert, sondern eher entsetzt starrt Nango in das Maul des Flusspferdes.

Gleich darauf fängt das Boot an zu schaukeln. Was ist das? Mit der linken Hand umklammert Nango den Bootsrand, mit der rechten hält er das Paddel fest. Warum wackelt das Boot? Ist ein Flusspferd direkt unter ihnen? Greift ein Flusspferd an? Wie erstarrt sitzt Nango da. Er kann sich nicht bewegen. Sein Herz wummert. Ein Knall, dann spritzt Wasser. Das Boot schaukelt noch mehr. Sein Herz wummert noch stärker. Was? Was war das? Nango zwingt sich den Kopf zu drehen. Salo steht im Boot, aufrecht, riesengroß, das Paddel nach oben gestreckt. Dann saust das Paddel erneut auf die Wasseroberfläche. Es knallt und spritzt. Die Flusspferde tauchen unter.

»Schnell weiter«, befiehlt Salo.

Nango kann die Spannung spüren und macht, was sein Freund verlangt. Er paddelt. Zügig, sehr zügig. Sind es fünf Minuten, die sie mit voller Kraft paddeln? Oder 15? Automatisch taucht Nango das Paddel ein. Links, rechts, links, rechts. Er fühlt sich getrieben, ohne zu wissen, warum.

»Ist gut«, meint Salo irgendwann. Sie legen ihre Paddel über das Boot und lassen sich von der leichten Strömung treiben. »Das war knapp. Gut gemacht, Kleiner«, sagt Salo nun wieder lachend. Nango atmet erleichtert auf. Er freut sich zwar über das Lob, versteht aber immer noch nicht, was eigentlich los war.

»Flusspferde mögen es nicht, wenn man ihnen zu nahe kommt«, erklärt Salo. »Die können dann ganz schön ungemütlich werden. Näher als fünf Meter sollte man nicht rankommen, besser man hält einen Sicherheitsabstand von zehn Metern.«

»Aber was hätten sie gemacht?« Nango findet, dass Salo etwas übertrieben vorsichtig war. Die Flusspferde waren doch ganz entspannt. »Vielleicht muss er bei den Touristen so sein, aber übertrieben war es allemal«, denkt Nango.

»Wenn sie wollen, bringen sie das Boot in Nullkommanichts zum Kentern. Wenn sie sich bedroht fühlen, rammen die Flusspferde den Feind mit ihrem Kopf und setzen ihn dadurch meistens außer Gefecht. Mit einem Biss ihrer spitzen Eckzähne können sie leicht ein Krokodil töten, zu ihrer eigenen Sicherheit. Flusspferde sind ja eigentlich Pflanzenfresser, die würden mit uns nichts anfangen. Trotzdem kommen in Afrika mehr Menschen durch Flusspferde ums Leben als durch irgendein anderes Tier.«

Nango schluckt. Er denkt an das riesige Maul mit den spitzen Eckzähnen. Vielleicht war Salo doch nicht übervorsichtig. Erst jetzt, nach der Anspannung, beginnen Nangos Knie zu zittern.

»Wäre nicht schlecht gewesen, wenn du mir das gleich zu Anfang gesagt hättest«, meint er.

Salo nickt. »Du hast Recht. Vielleicht sollte ich das bei meinen Gästen tun. Hunger?«

Hunger? Den hatte Nango völlig vergessen. Doch wie auf Kommando knurrt nun sein Magen.

Sie manövrieren das Boot zu einer Sandbank mitten im Fluss. »Keine Angst, hier gefällt es den Krokodilen nicht. Hier hab ich noch nie welche gesehen«, sagt Salo, als er Nangos bangen Blick sieht. »Hier kannst du sogar schwimmen.«

Schwimmen? Keine zehn Wasserbüffel würden Nango in den Sambesi bringen.

Sie essen ungetoastetes Weißbrot, Schinken und Tomaten. Nicht gerade Nangos Leibgericht, aber er hat solch einen Hunger, er würde jetzt alles verdrücken.

Die Sandbank ist gut zu überblicken, ständig wandern Nangos Augen hin und her.

»Ehrlich, hier gibt es keine Krokodile«, wiederholt Salo und streckt sich im warmen Sand aus.

»Salo, wieso bist du im Boot aufgestanden?«, fragt Nango und nimmt sich noch ein Toastbrot.

»Die Flusspferde haben Respekt vor Größe. Wenn ich mich vor ihnen aufbaue und dann noch das Paddel nach oben halte, sieht das für sie riesig aus. Dann verkrümeln sie sich, meistens jedenfalls«, antwortet Salo schläfrig.

Der will doch jetzt hoffentlich kein Mittagsschläfchen machen. »Salo? Salo?«

Zu spät. Von seinem Freund ist nur ein leichtes Schnarchen zu hören.

Nango sucht mit den Augen die ganze Sandbank ab. Kein Krokodil, kein Flusspferd weit und breit. Das beruhigt ihn. Langsam, ganz langsam kann er wieder die Schönheit des Sambesi genießen. Der breite Fluss, der Grenzfluss zwischen Simbabwe und Sambia, fließt gemächlich dahin. Links liegt Sambia, rechts Simbabwe. Flussabwärts, auf der rechten Flussseite sieht Nango nun einen Elefanten, der durch den Morast watet. Am linken Ufer, in Sambia, stehen zwei Rundhütten am Ufer, daneben ein Papayabaum und drei Bananenstauden. Weiter hinten erkennt Nango ein Reisfeld.

Mittlerweile ist der Elefant durch den Matsch getrottet und nimmt ein Bad im Fluss. Bis zu den Ohren steht er im Sambesi, säuft und spritzt sich mit dem Rüssel Wasser über seinen gewaltigen Körper. Dabei trompetet er vergnügt. Ein paar Kraniche staken am Ufer entlang und schauen dem Elefanten zu. Noch weiter flussabwärts, auf der rechten Uferseite, also in Simbabwe, glotzt eine Herde Büffel nach Sambia hinüber. Plötzlich nähert sich eine Gruppe Impalas dem Wasser. Es sind mindestens 15 Tiere. Impalas! Sofort sitzt Nango aufrecht. Mit ihren langen Beinen stolzieren die zarten Tiere bedächtig zum Ufer. Ihr rehbraunes Fell schimmert in der Sonne. Obwohl sie weit entfernt sind, versucht Nango in ihre Gesichter zu schauen. Er mag die schwarzen Streifen in ihren Gesichtern, die aussehen wie eine Kriegsbemalung. Die ersten Impalas trinken. Ruhig. Friedlich. Wer sie so sieht, würde nicht glauben, dass die Impalas in hohen Sätzen über Stock und Stein springen und dadurch ihre Feinde gewaltig irritieren können.

»Ist das schön. Ist das alles wunderschön«, sagt Nango zu sich. Als er die Perlhühner sieht, die mit aufgeregtem Gegacker zum seichten Ufer marschieren, muss er lachen. Die kleinen Hühner gackern so laut, dass sich die Büffel in ihrer Ruhe gestört fühlen. Sie wenden die Köpfe mit den großen Hörnern und wie auf Kommando muhen sie die Perlhühner an. Diese erschrecken sich dermaßen, dass sie in noch wilderem Gegacker auseinanderstieben. Nango amüsiert sich königlich. Die Impalas schauen kurz hoch, dann saufen sie weiter.

Auch eine Giraffe scheint dies völlig ungerührt zu lassen. Sie schreitet langsam, bleibt immer wieder stehen, blickt sich um. Auch sie hat Durst, aber damit sie trinken kann, muss sie zuvor eine umständliche Darbietung geben. Die kennt Nango schon, doch es fasziniert ihn jedes Mal: Die Giraffe spreizt die Vorderbeine, zögernd das Gewicht von einem Bein auf das andere verlagernd, bis die Beine weit genug auseinanderstehen.

»Es sieht aus, als versuche die Giraffe einen Spagat«, sagt Nango und stößt seinem Freund leicht an. »Salo, wach auf!«

»Was ist?«, meint Salo schläfrig.

»Ein Krokodil kommt direkt auf uns zu«, flüstert Nango.

Sofort ist Salo hellwach und setzt sich mit einem Ruck auf. »Wo?«

Breiter kann ein Lachen nicht sein, als das in Nangos Gesicht. »Hier auf der Sandbank gibt es doch keine Krokodile, hat mir ein zukünftiger Bootsführer erklärt.«

»Bürschchen«, lachend droht Salo seinem Freund. Doch Nango hält den Zeigefinger vor den Mund und deutet zur Giraffe. Die senkt in Zeitlupe ihren Hals und lehnt sich zurück, bis ihr Kopf endlich ans Wasser reicht.

»Das ist der schönste Platz der Welt«, sagt Nango. »Danke, dass du mich mitgenommen hast.«

»Ich brauch doch jemanden zum Paddeln«, erwidert Salo augenzwinkernd. »Und das sollten wir jetzt auch wieder tun.«

Schweigend paddeln sie und genießen die Schönheit der Landschaft und die vielen Tiere. Manche erschrecken sich durch das Boot und verkriechen sich in die Büsche, andere, wie die Perlhühner, schauen nur neugierig zum Boot und scheinen sich über das Geschehen auf dem Fluss aufgeregt auszutauschen.

Ganz nah paddeln die Freunde nun wieder am Ufer entlang. Nach der Begegnung mit den Flusspferden möchte Salo lieber auf Nummer sicher gehen und ihnen nicht zu nahe kommen. Doch was gut ist bei den Flusspferden, muss nicht für alle Tiere gut sein. Plötzlich sieht Nango am Ufer eine Schnauze, eine sehr lange Schnauze mit großen Nasenlöchern. Dann sieht Nango die Zähne blitzen. Er reißt die Augen auf. Er möchte Salo etwas zurufen, bringt aber keinen Laut heraus. Das Krokodil tapst direkt aufs Boot zu, schaut ihn kurz aus seinen kalten Augen an und gleitet dann weiter ins Wasser. Der lange Schwanz ist das letzte, das im Sambesi verschwindet.

»Was ist los? Warum paddelst du nicht mehr? Überhaupt, warum hältst du dein Paddel wie ein Gewehr?«

Nango kann sich immer noch nicht rühren.

»Hallo, ein Paddel ist zum Paddeln da«, ruft Salo erneut.

»Es hat mir direkt in die Augen geschaut. Es hätte mich beißen können. Vielleicht einen Arm abbeißen können. Es ... oje ... aber es hat mich leben lassen.«

»Was redest du für wirres Zeug? Du sitzt da, als wäre ein Krokodil übers Boot spaziert.«

Ein Krokodil übers Boot spaziert? Nango prustet los. Er kann nicht anders. Er lacht die Anspannung weg. Er lacht minutenlang, bis ihm Bauch und Arme schmerzen. Er lacht und lacht. Salo, der das Tier nicht gesehen hat, wundert sich über Nangos seltsamen Humor und schüttelt nur den Kopf.

»Wo werden wir übernachten?«, fragt Nango, nachdem sie eine Weile geschwiegen haben.

»Es gibt noch eine große Sandbank, auch krokodilfrei. Wenn wir weiterhin so gut vorankommen, müssten wir die Sandbank in weniger als zwei Stunden erreichen.«

Sie paddeln kräftig, ohne Unterlass. Es gelingt ihnen, die Flusspferde problemlos zu umfahren. Nango spürt seine Arme. Sie werden schwerer, eigentlich sind sie schwer wie Blei.

Die Sonne steht schon tief. Sie hinterlässt goldene Spuren auf dem Fluss, die langsam in tiefes Rot wechseln. Es ist ruhig. Friedlich. Selbst die Perlhühner und die Vögel scheinen sich schon zur Ruhe gebettet zu haben. Endlich erkennt Nango die Sandbank. Sie ist groß, viel größer als die am Mittag. Viel mehr eine Insel als eine Sandbank. Sogar Gras wächst darauf, und sie ist krokodilfrei, das ist das Wichtigste.

»Gehen wir schwimmen?« Salo streckt sich.

Nango schüttelt den Kopf. »Zu kalt.« Wenn er ehrlich wäre, hätte er »zu viel Schiss« sagen müssen.

»Zu kalt? Quatsch, es ist herrlich. Komm.« Schon hat sich Salo ausgezogen, planscht im Fluss und schwimmt ein paar Züge. »Komm schon.«

Vorsichtig schaut Nango sich um. Wenn doch Krokodile ... Aber das Wasser lockt. Mit den letzten Sonnenstrahlen hüpft er in den Sambesi. Was für eine Wohltat nach der Paddelei.

Bald darauf sitzen ein Junge und ein junger Mann am Lagerfeuer. In einer Pfanne brutzeln Würste, Zwiebeln und Bohnen. Zum Nachtisch gibt es Bananen und Mangos. Der Magen ist voll, der Körper müde. Nur mit viel Mühe kann Nango die Augen aufhalten.

»Ich wusste die ganze Zeit, dass ... vergessen ...«, beginnt Salo. Der Rest des Satzes ist wieder ein unverständliches Gemurmel. Nango findet es alles andere als angenehm, dass sein Freund ausgerechnet jetzt nervös wird. Es ist dunkel. Er ist zum Umfallen müde und versteht nur noch: Zelt. Nein, bitte nicht! Er möchte, dass seine Vermutung nicht stimmt. Dennoch fragt er nach, hofft aber, dass sie sich nicht bewahrheitet. »Haben wir kein Zelt dabei, Salo?« Für einen Augenblick schließt Nango die Augen und hält die Luft an.

»Ich weiß nicht, wie das passieren konnte.«

Doch, es ist wahr.

»Wo sollen wir schlafen?«

Salo holt tief Luft, um den Satz vollständig herauszubringen. »Ist halb so schlimm. Zwei Schlafsäcke habe ich eingepackt. Wir schlafen am Feuer.«

Ungeschützt zu schlafen hat Nango noch nie gefallen. Das fand er schon immer unheimlich. Aber Salo, der sich wieder im Griff hat, beruhigt ihn. »Das ist überhaupt nicht schlimm. Im Gegenteil, es ist herrlich, direkt unter den Sternen zu schlafen.«

»Aber das Rascheln und das Knacken?« Nango ist alles andere als überzeugt.

»Das ist doch am Ufer, aber nicht hier bei uns auf der Sandbank. Außerdem schreckt das Feuer Tiere ab.«

Zwar ist Nango immer noch nicht überzeugt, doch auch viel zu müde, um einen anderen Schlafplatz zu suchen. Oder gar weiterzupaddeln. Nicht mal widersprechen mag er. Darum fängt er den Schlafsack auf, den Salo ihm zuwirft, breitet ihn aus, öffnet den Reißverschluss, streift seine Sandalen ab und kriecht hinein. Er verschränkt die Arme hinterm Kopf und starrt in den Sternenhimmel.

»Wunderschön, einfach wunderschön«, murmelt er vor sich hin. Zwei Sterne, die sich gegenüberliegen, scheinen besonders hell zu leuchten. Dazu die Milchstraße. So klar, so groß. »Einfach wunderschön«, wiederholt er.

Was für ein Tag! All die Tiere, besonders die Flusspferde und das Krokodil, das vor ihm ins Wasser glitt und ihn dabei anschaute. Und der Elefant, der ein Bad nahm. Die Impalas, die Perlhühner, das Paddeln auf dem Sambesi, dem schönsten Fluss der Welt. »Was für ein herrlicher Tag«, denkt Nango noch einmal, dann ist er auch schon eingeschlafen.

»Wach auf, Nango, wach auf.« Unsanft wird er gerüttelt.

Es ist mitten in der Nacht. Die Sterne leuchten immer noch so hell und klar wie am Abend. Doch etwas ist anders. Die Sandbank scheint zu erzittern, wie bei einem leichten Erdbeben. Und da ist ein Geräusch, wie ein Schmatzen. Außerdem riecht es streng, genauer gesagt, es stinkt. Was kann das sein?

Nangos Augen haben sich noch nicht an die Dunkelheit gewöhnt.

»Los, hilf mir das Feuer in Gang zu bringen. Dann lassen sie uns in Ruhe, dann sind wir in Sicherheit«, hört er Salos Stimme.

In Sicherheit? Was ist los?

»Flusspferde sind an Land«, flüstert Salo. »Es sind viele.«

Sofort hat Nango das Bild vom aufgerissenen Maul vor sich. Das Schmatzen, es kommt von den Flusspferden.

»Sie gehen an Land, ... grasen. Sind Pflanzenfresser«, flüstert Salo. Er ist aufgeregt, das spürt Nango. Zum Glück spricht er für seine Aufregung einigermaßen klar und verständlich. »Los, das Feuer entfachen.«

Mittlerweile haben sich Nangos Augen an die Dunkelheit gewöhnt. Er kann die Umrisse von 15, vielleicht 20 Tieren sehen. Dunkle, schwerfällige Kolosse. Kurze Beine, fassförmiger Körper, wuchtiger Kopf. Über 1000 Kilo schwer, hatte Salo gesagt, manche wiegen sogar 4000 Kilo.

»Hilf mir doch mal!«, flüstert Salo erneut.

Nango war so in den Anblick der Kolosse vertieft, dass er nichts anderes tun konnte als schauen. Er hat keine Angst, er ist nur überwältigt von diesen Riesen. »Wir brauchen Feuer, sonst weiß ich nicht, ob sie uns sehen«, meint Salo. »Wenn sie uns nicht sehen, wer weiß, wo sie dann hintreten.«

Daran hatte Nango noch nicht gedacht. Könnten die Riesen sie zertreten? Würden sie es vielleicht nicht einmal bemerken, wenn sie ihn einfach mit ihrem gigantischen Gewicht zermalmten? Bei dem Gedanken wurde ihm doch mulmig. Können Flusspferde in der Dunkelheit sehen? Was hat Salo gesagt? Feuer? Das Feuer lodert nur ein bisschen. Es knackt laut. Noch einmal. Das Holz. Ein Flusspferd muss auf das Brennholz getreten sein. Auch das noch. Das wird kein Brennholz mehr sein, sondern Sägemehl.

Nango tastet auf dem Boden herum. Er findet etwas trockenes Gras und wirft es ins Feuer. Es lodert auf. Für einen Augenblick kann er Salos erschrockenes Gesicht sehen. Was hatte Salo heute Mittag gesagt? Die Flusspferde haben Respekt vor Größe. In Windeseile schält sich Nango aus dem Schlafsack.

»Stell dich ruhig und aufrecht hin!«, auf einmal ist es Nango, der das Kommando übernimmt.

Verdutzt stellt sich Salo neben die kleine Feuerstelle. Nango klettert auf Salos Rücken. Sein Freund kapiert sofort und hilft ihm dabei, auf seine Schultern zu klettern. Nango hält sich mit einer Hand an Salos Kopf fest, die andere streckt er gen Himmel, so hoch er kann. Hoch zu den zwei besonders hell leuchtenden Sternen, als ob er sie berühren wollte.

Die Flusspferde grasen laut schmatzend. Sie kommen immer näher an die Huckepackfigur von Nango und Salo heran, die groß und lang in die Nacht hineinragt.

»... uns übersehen«, murmelt Salo aufgeregt. »Die glotzen zu Boden. Verdammter Mist, die Viecher sehen uns nicht.«

»Abwarten«, meint Nango mit leichtem Zittern in der Stimme. Er kann den strengen, wilden Geruch der Flusspferde riechen. Sein Puls rast. Noch nie war er einem Flusspferd so nahe. Schon gar nicht einer ganzen Gruppe von Flusspferden. Wie werden die Tiere reagieren? Werden sie gleich angreifen? Werden sie die beiden Freunde mit einer Bewegung ihres großen Kopfes einfach umhauen? Und dann über sie drüber spazieren, als sei nichts gewesen? Werden sie womöglich aggressiv werden? Oder interessieren sie sich gar nicht für zwei Jungs, die sich huckepack aufgestellt haben, um größer zu wirken. Wie reagieren Flusspferde?

Hilflos und ängstlich schaut Nango zum Himmel. Die Sterne leuchten genau so unbekümmert wie immer. Aber irgendwie noch heller. Sie wollen uns helfen, kommt es Nango in den Sinn. Tatsächlich, am Firmament wird es heller. Die ganze Nacht wird heller.

»Kannst du das sehen?«, fragt er seinen Freund begeistert.

»Was?«

»Die Sterne«, antwortet Nango.

Salo schielt nach oben. »Klar, kann ich die Sterne sehen. Aber schlecht, denn du bist ganz schön schwer.«

»Sie leuchten besonders hell. Sie leuchten für uns, damit die Flusspferde uns sehen.«

Eines der Flusspferde ist nun keine zwei Meter von den Jungen entfernt. Was für ein Gigant! Nango spürt, wie Salos Beine zittern.

»Bloß nicht umfallen, Salo. Wir müssen stehen bleiben«, fordert Nango eindringlich. »Wir müssen stehen bleiben!«

»Das sagst du so einfach. Ich kann nicht mehr, meine Beine wollen nicht mehr«, antwortet Salo. »Ich ... nein ... ich.« Der Rest ist Stammeln. Nango versteht nichts, aber Salo plappert ununterbrochen weiter. So als gäbe es ihm neue Kraft. »Meine Beine ... ich ... zu ... Nein ... oh ...«

Salo schwankt wie eine Akazie im Wind. Und Nango schwankt ebenfalls, sogar noch stärker. »Bitte nicht«, sagt er laut, sehr laut.

Die Ohren der Flusspferde wackeln ununterbrochen. Ein Grunzen, noch ein Grunzen. Ein Schnauben, noch ein Schnauben. Und noch eins. Die Flusspferde starren die zwei Freunde an, scheinen den Kopf zu schütteln, als wollten sie sagen: Die spinnen doch, die Beiden. Sitzen mitten in der Nacht aufeinander und schwankend auf einer Sandbank. Die Flusspferde grunzen noch einmal und kehren dann um. Fast lautlos tauchen die Kolosse in den Sambesi.

Gleichzeitig hat Salo das Schwanken nicht mehr unter Kontrolle. Er stürzt, Nango stürzt. Sie fallen ins Gras, rollen sich ab und stehen gleich wieder auf den Beinen. Sie schauen sich um, doch alle Flusspferde sind verschwunden. Erleichtert liegen sie sich in den Armen, lachen, drehen sich tanzend im Kreis, tollen herum, wälzen sich im Gras. Nach der Anspannung sind sie völlig ausgelassen. Es dauert lange, bis die zwei wieder einschlafen können.

»Mann, war das eine Nacht«, sagt Salo, als sie am nächsten Morgen wieder im Boot sitzen.

»Was machst du, wenn das mit Touristen passiert?«, fragt Nango, der es fast nicht glauben kann, dass das letzte Nacht tatsächlich geschehen ist.

»Die Touristen liegen in Zelten. Und ich auch. Da sind wir in Sicherheit«, erwidert Salo. »Tut mir echt leid, dass ich das Zelt vergessen habe.«

»Das darf dir mit den Touristen nicht passieren«, mahnt Nango eindringlich.

Salo nickt. Doch Nango kann das nicht sehen, denn er sitzt wieder vor ihm im Boot. Nun, da der nächtliche Besuch der Flusspferde glimpflich ausgegangen ist, findet Nango die Sache mit dem vergessenen Zelt gar nicht schlimm.

»War doch ein unglaubliches Abenteuer.«

Dass es nicht das letzte auf dieser Paddeltour gewesen ist, können die beiden zu diesem Zeitpunkt nicht wissen. Noch paddeln sie in möglichst großem Abstand um die Flusspferde herum, die es sich im Wasser gemütlich machen.

»Hast du gewusst, dass Flusspferde auch im Schlaf auftauchen und automatisch Luft holen.« Salo ist stolz auf sein Wissen.

»Du meinst, manche von denen pennen jetzt gerade hier im Sambesi?«

Salo nickt. »Außerdem sind sie ziemlich schlechte Schwimmer. Wenn sie sich bewegen wollen, stoßen sie sich vom Boden ab und lassen sich vom Wasser treiben. Die schwimmen nicht, die laufen.«

»Echte Schwimmläufer also«, lacht Nango.

Die Schwimmläufer sind heute sehr friedlich. Mehr als Augen, Ohren und Nasenlöcher sind von ihnen nicht zu sehen. Die Krokodile liegen träge am Ufer.

Es ist heiß, sehr heiß. Die Affenbrotbäume sind zu weit vom Ufer entfernt, um Schatten zu spenden. Nicht mal der leichte Fahrtwind bringt etwas Kühlung. Die Jungs durchqueren ein Gebiet mit vielen Flussinseln. Die meisten davon sind klitzeklein. Salo muss sich konzentrieren, damit sie nicht aus Versehen auf einer der kleinen Inseln landen.

»Es ist zwar nicht mehr weit bis zum Ende der Tour, aber wie wär's trotzdem mit einer Pause?«, schlägt Salo vor.

»Ey, ey, Käpt'n.«

Zielsicher steuert Salo auf eine Sandbank zu. »Garantiert krokodilfrei.«

Sie legen an und tauchen sofort ins Wasser ein. Die Abkühlung tut gut und Salo behält wieder einmal recht: Diese Sandbank gefällt Krokodilen nicht.

»Schau, Salo, dort drüben.« Nango zeigt auf eine Impala, die allein und zitternd auf einer kleinen Insel steht. »Die Arme, was kann da passiert sein?«

»Ich schätze, sie ist vor einem Löwen hierher geflüchtet. Und nun traut sie sich nicht mehr weg«, meint Salo fachmännisch.

»Aber sie muss doch wieder weg von der Insel. Dort kann sie doch nicht überleben.«

»Noch viel schlimmer. Die Krokodile freuen sich bestimmt schon auf ein Festessen«, erklärt Salo.

»Wir müssen ihr helfen, Salo. Unbedingt!« Nango ist ganz aufgeregt. »Wir können die Impala doch nicht sterben lassen.«

»Aber eigentlich ist es das Normale hier draußen«, erwidert Salo. »Fressen und gefressen werden. Das hat die Natur so geregelt.«

»Salo!« Wie kann sein Freund nur so daher reden. Wie kann er auch nur eine Sekunde daran denken, die süße Impala den schrecklichen Krokodilen zu überlassen. »Salo!«

»Schon gut, schon gut«, beschwichtigt er. Salo hat auch schon eine Idee, wie sie die Impala retten können.

Die beiden setzen sich wieder ins Boot und Salo steuert direkt auf die winzige Insel zu, auf der die zitternde Antilope steht. Die Impala fixiert die beiden, sieht Nango, der vorne sitzt, direkt in die Augen. Nango lächelt. »Wir helfen dir, kleine Impala. Du brauchst vor uns keine Angst zu haben.«

Er sieht nicht, wie Salo die Augen verdreht. Denn genau das soll die Impala haben: Angst. Sie muss das Boot als große Gefahr ansehen. So groß, dass sie ihre Angst überwindet und abhaut.

Mit jedem Meter, den sie näher zur Insel kommen, kann Nango beobachten, wie die Impala stärker zittert. Ruhelos wandern die braunen Augen hin und her. Nur noch vier Meter, drei Meter bis zur Insel. Gleich gleitet das Boot an den Rand der Insel. Die Impala hört auf zu zittern, spannt die Muskeln, macht dann einen Riesensatz, rennt, springt und hopst durch den Sambesi ans Ufer. Sie hat das getan, wozu sie allein nicht den Mut gehabt hätte. Sie entkam der Insel und damit den Krokodilen.

»Gerettet!« Nango bricht in Freudengeschrei aus, dann zeigt er den Krokodilen eine lange Nase, »Haben wir euch das Mittagessen verdorben?« Auch Salo freut sich. Die kleine Antilope ist im Dickicht verschwunden.

Nach einer weiteren halben Stunde kann Nango Greg am Ufer ausmachen. Kurz darauf legen sie an.

»Na, hat alles geklappt?«, fragt Greg, Salos künftiger Kollege.

»Ist Salo ein guter Tourführer?«

»Ja, alles hat gut geklappt. Salo ist ein toller Tourführer«, antwortet Nango und zwinkert seinem Freund zu. »Es war eine unvergessliche Tour.«

»So, jetzt wisst ihr, wie ich dazu gekommen bin, Bootsführer zu werden. Wer weiß, wo ich heute wäre, hätte ich nicht durch Salo den Sambesi für mich entdeckt.«

»Aber der Sambesi ist weit von hier«, sagt Juli. »Wie bist du nach Kenia gekommen?«

»Das ist eine andere Geschichte«, sagt Nango nachdenklich. »Vielleicht erzähle ich sie euch bei der nächsten Reifenpanne.«

Die Reisenden müssen lachen.

»Du, Michael, kommst doch auch von weit her«, sagt Joseph Omondi. »Du bist aus Südafrika, oder?«

»Nicht ganz«, antwortet Michael. »Namibia ist ein Nachbarstaat von Südafrika. Meine Heimat besteht in erster Linie aus zwei großen Wüsten. Dazwischen ist eine Hochebene. Die Hauptstadt heißt Windhuk.«

»Dann bist du also aus Windhuk?«, fragt Joseph Omondi.

Diese Frage war mehr eine Hoffnung. Denn der Geschichtensammler würde zu gerne einmal eine Geschichte hören, die in einer Stadt spielt.

Michael schüttelt den Kopf.

»Nein, ich bin auf dem Land aufgewachsen«, antwortet er. »Dort gibt es vor allen Dingen Hasen.«

Für einen Moment hält Michael inne.

»Nun ja, Hasen sind nicht so aufregend wie zum Beispiel Nashörner. Aber wenn ihr wollt, erzähle ich euch von einer Hasenjagd in Namibia. Ich habe sie selbst erlebt. Vor fünf Jahren. Damals war ich 13 Jahre alt.«

Joseph Omondi nickt aufmunternd mit dem Kopf. Die anderen pflichten ihm bei.

Und Michael erzählt:

Hasenjagd

»Bitte, bitte, lass mich fahren«, bettelt Michael.

»Auf keinen Fall, Kleiner. Für so eine Fahrt braucht es einen erfahrenen Lenker«, erwidert Johannes, Michaels großer Bruder. »Tom fährt. Du kannst hinten sitzen und zuschauen.«

Michael verzieht das Gesicht. Hinten sitzen ... Das ist was für Babys!

Endlich darf er eine Hasenjagd mitmachen. Dabei möchte er seinen Bruder beeindrucken. Bisher meinte Johannes immer, Michael sei zu klein dafür. Nun soll Johannes auf der Hasenjagd begreifen, dass Michael ein Mann ist. Na ja, beinahe. Deshalb unternimmt er noch einen Versuch: »Ich habe geübt. Tom sieht doch schlecht, der kann gar nicht schnell genug reagieren, wenn der Hase einen Bogen schlägt.«

Tom, der Vorarbeiter auf der Farm, sieht tatsächlich immer schlechter. Aber er geht nicht zum Augenarzt oder zum Optiker, denn dafür hätte er in die Stadt fahren müssen. Und Tom hasst Städte.

»Schon möglich«, meint Johannes, »aber Tom nimmt den Fuß nicht vom Gaspedal, egal, wie holprig und ungemütlich es wird. Tom fährt. Basta.«

Enttäuscht stampft Michael mit einem Fuß auf den staubtrockenen Boden. Mist. Dafür hätte er sich nicht auf Johannes zu freuen brauchen. Er hat die Tage, dann die Stunden gezählt, bis endlich die Semesterferien begannen.

Warum musste er auch auf die bescheuerte Idee kommen, Physik zu studieren? Warum konnte er nicht Farmer werden wie Vater? Dann wäre Johannes hier geblieben und nicht nach Windhuk gegangen. Die Hauptstadt Namibias liegt so weit weg, dass Johannes meistens nur die Ferien auf der Farm verbringt, sonst wohnt er in Windhuk.

Wann immer es ging und wann immer Michael seinen Vater überreden konnte, hatte er sich hinters Lenkrad gesetzt und Gas gegeben. Querfeldein auf der riesengroßen Farm. Erst sachte, dann schneller. Michael möchte, dass Johannes ihn lobt. Denn Johannes ist sein Vorbild, sein Held. Und nun das!

Michael und Johannes. Die Namen klingen ziemlich deutsch, findet ihr? Na, Michael würde vielleicht noch als englischer Name – als »Maikel« – durchgehen. Aber Michael und Johannes Maier? Was haben so typisch deutsche Namen mit Afrika zu tun? Früher war Namibia eine deutsche Kolonie. Deutsch-Südwestafrika hieß das Land damals. 1883 hisste man dort einfach die deutsche Flagge, 1915 musste sie wieder eingezogen werden. Danach kamen die Südafrikaner an die Macht. Im Jahre 1990 wurde Namibia dann endlich unabhängig. Einige deutsche Einwanderer waren geblieben, so wie die Maiers. Heute sind sie keine Deutschen mehr, sondern Namibier.

»Ich will heute Abend fahren. Unbedingt«, murmelt Michael vor sich hin. Wie kann er Johannes nur umstimmen? Sicher, mit seinen 13 Jahren ist er eigentlich zu jung zum Autofahren. Aber Vater hat ihm gezeigt, wie es funktioniert, und ihn immer wieder fahren lassen. Das ist kein Problem, denn auf ihrer Farm gibt es keinen Verkehr. Erst ist er sachte mit 20, 30 Stundenkilometern auf den Wegen entlanggezuckelt, aber letzte Woche hat er auf 60 Sachen beschleunigt. Auf den schmalen, holprigen Sand- und Staubpisten fühlen sich 60 Sachen schneller an als 160 auf der Autobahn.

Die Sonne geht in traumhaften Rot- und Orangetönen unter. Ein Schauspiel, das Michael jeden Abend aufs Neue fasziniert. Aber heute kann er es nicht so recht genießen, denn er hat immer noch keine Lösung für sein Problem.

Mit dem letzten bisschen Helligkeit fährt hupend ein Auto den Farmweg entlang. Die Schmidts. Michaels Mutter hat die Schmidts zum Braai, zum Grillen, unterm Sternenhimmel eingeladen. Würste, Steaks und Koteletts liegen schon neben dem großen Grill. Das Feuer glimmt munter vor sich hin.

»Alles klar, Michael?«, begrüßt ihn Simon Schmidt.

Wegen Simon wird heute abend die Hasenjagd stattfinden. Wegen Simon und der Wette. Jedes Jahr überlegen sich Johannes und Simon eine Wette. Letztes Jahr ging es darum, wer im Schwimmbecken am längsten die Luft anhalten kann.

»Alles klar«, antwortet Michael scheinbar lässig. Aber eigentlich ist überhaupt nichts klar.

»Hallo Rebekka«, sagt er. Automatisch zaubert sich ein Lächeln auf sein Gesicht. Rebekka Schmidt ist eine Wucht. Sie ist ein Mädchen ganz nach seinem Geschmack, weil sie so normal ist und überhaupt nicht zickt. Sie reitet wie ein Junge und hat noch nie etwas von Puppen und anderem Mädchenkram erzählt. Viel lieber zieht sie mit Michael los, um Perlhühner aufzuspüren, sich langsam an sie anzuschleichen und sie dann mit lautem »Uaaahh« zu erschrecken. Rebekka ist eine ausgezeichnete Tierfährten-Leserin. Sie kennt alle Fuß- oder Hufabdrücke der Tiere. Sie weiß, wie alt eine Oryxspur ist oder wann und wo sich ein Schakal rumgetrieben hat.

»Bist du nachher auch dabei?«, flüstert sie ihm zu.

»Bei der Hasenjagd?«

Rebekka nickt.

»Klar«, antwortet Michael nur und schaut zu seinen Eltern. Die dürfen davon nichts mitbekommen. Sie finden die Art von Hasenjagd, die ihre Kinder planen, völlig unmöglich. Mehr noch, sie haben sie strikt verboten. Das sei Tierquälerei, sagt Mutter jedes Mal.

Aber da gibt es eben die jährliche Wette: Simon behauptete,

dass er sicherer und schneller bei der Hasenjagd sei als Johannes. »Blödsinn«, entgegnete Johannes abfällig, der sich für den besten Hasenjäger Namibias hält.

Heute Abend soll Johannes einen Hasen jagen. Simon stoppt die Zeit. Den zweiten Teil der Wette gibt es in der nächsten Woche bei auf dem Farmgelände der Schmidts.

Michael versucht noch ein paarmal, seinen Bruder umzustimmen. Vergeblich.

»Tom fährt. Ich sitze neben ihm. Simon, Rebekka und Michael, ihr müsst euch zusammen auf den Rücksitz quetschen«, kommandiert Johannes und schwingt sich lässig in den Jeep, der kein Verdeck hat.

Mittlerweile ist es dunkel, nicht stockdunkel, dafür sorgt das Mondlicht, aber dunkel. Michael setzt sich wohl oder übel nach hinten, zwischen Simon und Rebekka.

Tom startet den Motor. Die Jagd kann beginnen. Doch erst einmal tuckert der Jeep gemächlich auf der Staubpiste entlang. Die Eltern sollen bloß keinen Verdacht schöpfen. Kurz beleuchten die Scheinwerfer die Palme vorm Haus, nur eine Sekunde, dann gleitet das Licht über den Rasen neben dem Eingang, dann weiter über die rote Erde. Staub. Der Termitenhügel. Der nächste Termitenhügel. Das Windrad. Die Kakteen. Roter Staub. Sand. Harter, trockener Boden. Alles wird kurz angeleuchtet und verschwindet dann wieder in der Dunkelheit.

Auf ein Zeichen von Johannes biegt Tom von der Piste ab. Querfeldein. Alle halten sich fest und nach einem Hasen Ausschau. Rebekka scheint mit ihren Augen die Dunkelheit zu durchbohren.

»Da vorne, da bewegt sich was«, ruft sie und deutet mit der Hand nach links.

Simon drückt auf die Stoppuhr. Tom reißt das Lenkrad nach links, gerade rechtzeitig, um den Hasen zu erkennen. Der schlägt einen Haken und rennt aufgeschreckt nach rechts.

»Bleib dran«, ruft Johannes aufgeregt.

Michael sitzt kerzengerade, die Hände in den Vordersitz gekrallt, um nicht aus dem Jeep zu fallen. Er ist angespannt. So wie die anderen auch. Wird es Tom gelingen, dem Tier näherzukommen? Tom lässt den Motor aufheulen. Der Hase rennt um sein Leben. Er schlägt einen Haken nach links. Tom lenkt nach links, dabei muss er einem Busch ausweichen, der im Scheinwerferlicht direkt vor ihm auftaucht. Der Hase rennt noch weiter nach links. Der Jeep ihm nach.

Michael hält die Luft an. Wird es reichen? Wie lange kann der Hase dieses Tempo noch durchhalten? Auf einmal ist da ein Gefühl, das absolut nichts bei einer Hasenjagd zu suchen hat: Mitleid. Pures Mitleid für den Hasen, der in Todesangst durch die Nacht hetzt. Armer Hase. Michael versucht das Gefühl auszublenden, doch es bleibt hartnäckig, drängt sich sogar in den Vordergrund.

Tom lenkt den Jeep geschickt. Der Hase wird langsamer. »Armes Häschen, wahrscheinlich schwinden deine Kräfte«, denkt Michael. »Hoffentlich hältst du durch.« Mit geballten Fäusten, die Daumen nach innen gedrückt, sitzt Michael jetzt da. »Hase, bitte, bitte, renn schnell davon!« Das ist alles, was er denken kann. Johannes lehnt sich weit aus dem Jeep. Nur mit einem Arm hält er sich am Gestänge fest. Gleich wird er nahe genug sein, um vom Jeep zu hechten, direkt auf das Häschen. Johannes wird es packen. Und er wird ihm ein Stück vom Ohr abbeißen. Wahrscheinlich lässt er dann den völlig erledigten Hasen mit dem beschädigten Ohr davonrennen. Das abgebissene Stück vom Ohr ist seine Trophäe. Michael schließt die Augen und hält die Luft an.

Doch was ist das? Der Jeep bremst scharf ab. Ist Johannes schon abgesprungen? Michael öffnet die Augen. Johannes hängt nicht mehr draußen, sondern sitzt schon wieder auf dem Sitz und schnauzt Tom an: »Was soll das? Wir waren so dicht dran.«

»Mir ist schlecht«, erwidert Tom nur, bevor er sich aus dem Jeep lehnt und sich übergibt.

»Ausgerechnet jetzt«, mault Johannes stocksauer. »Warum musstest du auch so viel futtern?«

»Sorry«, sagt Tom nur und übergibt sich ein zweites Mal.

Michael ist froh und erleichtert, dass das Häschen nun einen Vorsprung hat. Vielleicht findet es ein gutes Versteck. Michael atmet laut hörbar aus. Die Anspannung lässt nach. Aber nur kurz.

»Los, Michael, das ist deine Chance. Jetzt kannst du beweisen, dass du nicht nur rumredest, sondern wirklich ein guter Fahrer bist. Gib Gas und hol den Hasen ein.« Johannes grinst ihn vielversprechend und auffordernd an.

Unbeweglich, wie angewachsen sitzt Michael auf der Rückbank. Was soll er tun? Noch vor einer Stunde wäre er der glücklichste Mensch gewesen, hätte ihn Johannes zum Fahren aufgefordert. Aber auf einmal ist das alles andere als verlockend. Er möchte nicht, dass das Häschen stirbt. Es soll auch sein Ohr behalten. Aber Michael möchte andererseits Johannes nicht enttäuschen. Jetzt kann er ihm endlich beweisen, dass er kein kleines Kind mehr ist.

»Bist du eingeschlafen, Brüderchen?«, drängt Johannes. Seine Stimme lässt keinen Widerspruch zu. Michael gehorcht einfach und klettert nach vorne. Er schaltet, so gut es eben geht, sein Denken ab. Das Gefühl von Mitleid verbannt er in die hinterste Ecke seines Herzes. Michael konzentriert sich aufs Fahren.

»Da drüben, da ist der Hase wieder«, ruft Simon, der wie seine Schwester Adleraugen zu haben scheint. Michael umklammert das Steuer und gibt Gas. Im Scheinwerferlicht verfolgt er den Hasen. Der Abstand verringert sich. Je näher er dem Hasen kommt, um so mächtiger drängen sich aber die Zweifel wieder in den Vordergrund. In seinem Kopf herrscht das reinste Chaos. Den Hasen retten und dafür keine Anerkennung von Johannes bekommen? Ist das ein Häschen wert? Was soll er nur tun? Am liebsten würde Michael die Hände an den Kopf legen, die Augen schließen und abwarten. Einfach abwarten. Aber das geht nicht, denn er muss das Lenkrad umklammern und sich aufs Fahren konzentrieren. Jede Sekunde kann ein Busch oder ein Termitenhügel aus der Dunkelheit vor ihm auftauchen.

»Klasse, Michael, gleich haben wir ihn wieder«, hört er Johannes rufen. Schwingt Anerkennung in seiner Stimme? Nur noch drei, vier Meter. Johannes beugt sich bereits wieder weit aus dem Jeep. Jeden Moment wird er abspringen.

Da schlägt der Hase erneut einen Haken nach links. Für die Zeit eines Wimpernschlags erhascht Michael den Blick des Hasen. Todesangst liegt darin.

»Mehr nach links. Mach schon!«, hört er Johannes rufen.

Im Nacken spürt Michael Rebekkas, Toms und Simons Anspannung. Was soll er nur tun? Verzweifelt schaut er für einen kurzen Moment zum Himmel. Und plötzlich weiß er, was er tun soll. Er bremst. Abrupt, heftig, unerwartet für die anderen. Johannes kann sich nicht mehr halten, er fällt aus dem Jeep. Simon und Rebekka klatschen unsanft gegen die Kopfstützen. Tom hätte es um ein Haar zwischen den Sitzen nach vorne geschleudert. Instinktiv krallt er sich in Simons Arm.

Das Häschen hoppelt davon.

»Von wegen guter Autofahrer«, ruft Johannes erbost, reibt sich die Seite und klettert zurück in den Jeep. »Der Hase ist weg und uns tun alle Knochen weh. Kannst ja richtig stolz auf dich sein!«

Michael überhört den gemeinen Unterton und nickt. Stolz ist er nämlich. Richtig stolz. Es ist ihm egal, dass Simon ihm mit einem breiten Grinsen gönnerhaft auf die Schulter klopft. Die Wette hat er schon so gut wie gewonnen.

Dummerweise wird auch Rebekka ihn doof finden, aber der Hase lebt.

Michael drückt leicht aufs Gaspedal und fährt langsam los. Plötzlich kitzeln Rebekkas Locken an seinem Ohr.

»Hätte nicht gedacht, dass du so ein großer Tierfreund bist. Bei der nächsten Hasenjagd bin ich auch nicht mehr dabei. Die ist nämlich idiotisch. Das müssen auch noch unsere großen Brüder kapieren«, sagt sie mit sanfter Stimme.

Juli und François blicken Michael freundlich an.

»Du hast dich gegen deinen großen Bruder durchgesetzt«, sagt Juli.

Michael lächelt verlegen.

»Na ja, es war keine Heldentat«, meint er.

»Aber es war mutig von dir«, sagt François.

»Es gibt viele Arten von Mut«, sagt Joseph Omondi.

»Der vielleicht Mutigste in unserer Runde ist zugleich der Stillste.«

Der Geschichtensammler blickt hinüber zu seinem Gehilfen. Der Junge hatte die ganze Zeit am Lagerfeuer kein Wort verloren. Schweigend hatte er den Geschichten der anderen gelauscht.

»Vielleicht hat der Jüngste in unserer Runde sogar die spannendste Geschichte zu erzählen, sagt Joseph Omondi.

»Aber was sage ich da – vielleicht ...«

Joseph Omondi blickt ernst in die Runde.

»Ich weiß, dass er die spannendste Geschichte zu erzählen hat. Eine Geschichte von bewundernswertem Mut. Ich muss es wissen. Denn er hat sie mir schon mehr als einmal erzählt. Und ich werde nicht müde, sie immer wieder zu hören.«

Das macht die Reisenden neugierig.

Aufmerksam blicken Juli, François, Michael und Nango den Jungen an. Was kann er in seinem Alter schon so Abenteuerliches erlebt haben? Der Junge lächelt verlegen. Es behagt ihm nicht, dass er plötzlich so im Mittelpunkt steht. Es bedarf einer weiteren behutsamen Aufforderung von Joseph Omondi.

Dann endlich beginnt er zu erzählen:

Lauf, Akim!

Akim hatte seine Eltern und seine jüngere Schwester bis zu der großen Straße begleitet. Es war ein langer Fußmarsch über staubige Pfade von seinem abgelegenen Dorf zur Autostraße gewesen.

Bald würden seine Eltern in einen Bus einsteigen und ihre kranke Tochter in das Krankenhaus bringen. Die Eltern hatten Lebensmittel für ein paar Tage dabei. Das Essen war in bunte Tücher gewickelt. Der Vorrat musste reichen, bis seine Schwester wieder gesund war. Wie es in dieser Region Afrikas üblich war, wollten die Eltern jeden Tag bei ihrer Tochter im Krankenhaus sein und für sie kochen. Vor dem Krankenhaus gab es Feuerstellen, an denen die Angehörigen die Mahlzeiten zubereiten konnten. An diesen Feuerstellen verbrachten sie auch die Nächte.

Akims Vater fasste seinen Sohn an den Schultern. Er sah ihn ernst an.

»Pass auf deinen kleinen Bruder auf!«, bat er Akim. »Versprichst du mir das?«

Akim nickte wortlos. Mit seinen fast zwölf Jahren und dem langen Speer in der Rechten kam er sich schon beinahe wie ein richtiger Mann vor. Auf jeden Fall war es abgemacht, dass er bis zur Rückkehr seiner Eltern eine verantwortungsvolle Rolle übernehmen musste. Während dieser Zeit war er das Familienoberhaupt. Er würde seinen jüngeren Bruder Malik beschützen, komme was wolle. Akim wartete nicht, bis der Bus eintraf, obwohl er noch nie in seinem Leben ein Auto gesehen hatte und er neugierig auf die selbstfahrende Maschine war. Dennoch wollte er vor Einbruch der Dunkelheit zurück in seinem Dorf sein. Malik wartete auf ihn.

Akim strich seiner Schwester über den Kopf.

»Werde bald gesund«, sagte er.

Dann umarmte er seine Eltern und machte sich auf den langen Heimweg.

Im Gras zirpten die Grillen, ein Schwarm Vögel kreuzte den Himmel und die Sonne stand schon tief, als sich Akim seinem Dorf näherte. Er musste nur noch eine Anhöhe überwinden, dann war er zu Hause. Alles schien friedlich.

Da sah Akim einen Jungen auf sich zu laufen. Er gestikulierte wild mit den Armen und rief etwas. Akim konnte die Worte nicht verstehen, dafür war der Kleine noch zu weit entfernt. Wer war dieser Junge, und was wollte er von ihm?

Akim hatte das Gefühl, dass etwas nicht stimmte. Er beschleunigte seine Schritte, seine Hand umklammerte den Speer noch fester. Erst jetzt erkannte Akim, wer der Junge war. Es war sein kleiner Bruder Malik! Was machte der alleine in der Wildnis? Und noch dazu um diese Tageszeit?

»Lauf, Akim!«, rief Malik. »Lauf um dein Leben! Sie kommen!«

Da sah Akim den Jeep. Mühsam, doch unnachgiebig schob er sich, wie ein Ungeheuer aus einer anderen Welt, die Anhöhe hinauf. Er schnitt Malik den Weg ab.

Auf den Sitzplätzen des Geländewagens drängten sich finster dreinblickende Männer. Sie waren mit Macheten bewaffnet, einer von ihnen trug eine Maschinenpistole. Wortlos und ohne eine Regung zu zeigen, ergriff einer der Kerle Malik. Die Beine des Jungen strampelten für einen Moment in der Luft. Seine Arme trommelten verzweifelt auf den Fremden ein. Gegen die rücksichtslose Gewalt eines Erwachsenen konnte sein kleiner Körper nichts ausrichten. Der Mann warf Malik wie ein nutzloses Bündel Lumpen auf die Ladefläche des Jeeps.

Akim verharrte wie erstarrt auf seinem Pfad. Für einen Augenblick überlegte er, ob er seinen Speer auf die Angreifer schleudern sollte. Doch gegen diese Übermacht hatte er keine Chance. Im nächsten Moment hatte ihn der Geländewagen erreicht. Akim spürte einen dumpfen Schlag auf seinen Kopf. Dann verlor er das Bewusstsein.

Akims Kopf schmerzte, als er am darauffolgenden Tag erwachte. Er fand sich mit weiteren Jungen aus seinem Dorf in einem engen Raum einer Lehmhütte wieder. Zu seiner Erleichterung war auch Malik unter den Kindern. Schweigend blickte dieser seinen großen Bruder an.

»Was ist geschehen? Wo sind wir?«, fragte Akim benommen.

»Wir wissen nicht, wo wir sind«, antwortete einer der Jungen. »Die fremden Männer haben uns hierher gebracht. Wir sind eine Nacht und einen halben Tag gefahren.«

»Sie haben unsere Hütten niedergebrannt«, ergänzte ein anderer.

»Und was ist mit den anderen?«, fragte Akim. »Warum sind hier nur Jungen? Wo sind die anderen?«

»Das wissen wir nicht. Die Kinder und Frauen wurden von den Männern und den Alten getrennt. Die alten Leute und die Männer wurden weggeführt.«

»Was ist mit ihnen geschehen?«, fragte Akim.

Die Jungen sahen betreten zu Boden.

»Wir haben Schüsse gehört. Es gab auch Lastwagen. Die Frauen und Mädchen mussten aufsteigen. Wir wissen nicht, wo sie jetzt sind. Wir Jungen wurden auf einen anderen Lastwagen gebracht. Dich und deinen Bruder haben sie später aufgeladen. Jetzt sind wir hier. Das ist alles.«

Akim war fassungslos. Das Dorf, seine Heimat – sollte niedergebrannt sein. Die Bewohner waren verschleppt oder vielleicht sogar ermordet worden. Akim konnte die Tränen nicht zurückhalten. Wenigstens war Malik bei ihm. Er war unverletzt. Bestimmt waren die Eltern in Sicherheit. Aber wenn die Männer auch das Krankenhaus angegriffen hatten? Nein, das konnte nicht sein. Es war zu weit weg. Oder doch nicht? Die Kerle hatten Geländewagen. Was hatten die Fremden mit ihnen vor?

Erst am nächsten Tag sollten es die Kinder erfahren.

Um fünf Uhr morgens wurden die Jungen geweckt. Der Morgen begann mit einem Appell. Die Kinder mussten sich im Lager der Reihe nach aufstellen. Auch Jungen aus anderen Dörfern hatten sich auf dem staubigen Platz versammelt. Akim vermutete, dass diese Kinder ebenfalls von der Bande verschleppt worden waren.

Drei Männer in Uniform bauten sich vor ihnen auf. Ein unangenehmer Kerl, der sich Papa Taylor Amin nannte, schien der Kommandant zu sein. Akim erkannte, wer dieser Papa Taylor Amin war. Es war der Mann, der seinen kleinen Bruder in den Jeep gezerrt hatte. Es war derselbe, der ihn bewusstlos geschlagen hatte.

»Sicher werdet ihr euch fragen, was dieser nette Onkel mit euch vorhat?«, rief Papa Taylor Amin in die Menge.

»Papa Taylor Amin wird es euch sagen. Bald werden unsere heldenhaften Truppen die Hauptstadt unseres geliebten Landes einnehmen. Papa Taylor Amin wird der Präsident werden. Und ihr werdet mir als Soldaten den Weg zum Ruhm bereiten. Papa Taylor Amin ist gut zu euch. Er schenkt euch sogar Waffen für diesen ehrenvollen Kampf.«

Zum Beweis reckte er eine Maschinenpistole in die Luft.

Die Kinder sahen sich ratlos an. Sie sollten als Soldaten kämpfen? Keiner von ihnen hatte jemals eine solche Waffe in der Hand gehabt. Wollte Papa Taylor Amin sie zwingen, auf andere Menschen zu schießen, zu rauben und zu plündern? Was würde geschehen, wenn sie sich weigerten? Bestimmt würden die Rebellen nicht davor zurückschrecken, sie zu ermorden.

»Ruhm und Ehre sei Papa Taylor Amin!«, riefen die beiden Soldaten, die neben dem Kommandanten standen. Sie wiesen die Kinder an, die Parole zu wiederholen.

»Ruhm und Ehre sei Papa Taylor Amin!«, riefen die Kinder.

»Ruhm und Ehre sei Papa Taylor Amin!«

Der Kommandant stand da und sonnte sich in der befohlenen Lobpreisung. Es bereitete ihm sichtlich Genugtuung, dass die Kinder laut seinen Namen riefen.

Akim fragte sich, ob Papa Taylor Amin geisteskrank war.

»Er ist verrückt«, raunte ihm ein großer Junge zu, der neben ihm stand.

Akim sah ihn fragend an. Er kannte den Jungen nicht. Der Junge, der sich im Flüsterton als Ombeki vorstellte, mochte wohl 14 Jahre alt sein. Akim fielen sofort seine roten Schuhe auf.

»Glaub mir, er ist verrückt«, flüsterte Ombeki. »Ich bin schon seit zwei Wochen hier, ich weiß es. Wir müssen Papa Taylor Amin jeden Tag hochleben lassen. Aber was noch viel schlimmer ist, ist das Training.«

»Welches Training?«, fragte Akim.

»Militärübungen«, flüsterte Ombeki. »Wir müssen lernen, wie Soldaten zu kämpfen. Wir sollen töten lernen. Ich will das nicht«, sagte Ombeki leise. »Ich gehe zu Samsara. Samsara hilft Kindern wie uns. Was ist, kommst du mit?«

Akim antwortete nicht. Das waren zu viele Informationen auf einmal. Innerhalb kurzer Zeit hatte er erfahren, dass er zum Soldaten ausgebildet werden sollte. Er hatte von einem geheimnisvollen Herrn Samsara gehört. Und er sollte mit einem Jungen, den er gerade erst kennengelernt hatte, aus dem Lager fliehen. Vielleicht stellte ihm Ombeki ja nur eine Falle und arbeitete mit dem brutalen Kommandanten zusammen.

Aber Ombeki sollte Recht behalten.

Nach dem Frühstück, das aus einem wässrigen Hirsebrei bestand, begann das Training. Alle Kinder, außer Malik, der noch zu klein war, mussten sich daran beteiligen. Unter den Kommandorufen der Soldaten mussten die Jungen stundenlang über den Boden robben. Sie mussten über hohe Hindernisse aus Baumstämmen klettern und im Gleichschritt über den Lagerplatz marschieren. Die Soldaten sorgten dafür, dass keines der Kinder schlapp machte. Wer es wagte, Zeichen von Schwäche zu zeigen, wurde mit dem Stock geschlagen. Akim hatte das Gefühl, in der Hölle gelandet zu sein. Er bekam eine Vorahnung, welch schreckliche Zukunft ihm bevorstand. Hin und wieder kam Papa Taylor Amin vorbei und musterte mit finsterem Blick die Fortschritte seiner neuen Truppe.

Zur Mittagszeit brannte die Sonne noch erbarmungsloser auf die jungen Rekruten herab. Auf Befehl von Papa Taylor Amin ließen sich die Jungen erschöpft unter einem Affenbrotbaum nieder. Essen sollte es erst wieder am Abend geben, die Kinder mussten sich mittags mit einer Ration Wasser begnügen.

Bereits am ersten Tag war Akim mit seinen Kräften am Ende.

Er fragte sich, wie er diese Strapazen durchhalten sollte. Bei der ersten sich bietenden Gelegenheit, so viel war ihm klar, würde er fliehen.

Ombeki schien Gedanken lesen zu können. Während Akim gierig das wenige Wasser trank, redete er leise, doch ohne Unterlass, auf ihn ein.

»Heute Nacht ist eine gute Zeit zum Fliehen«, flüsterte er abschließend. »Um Mitternacht treffen wir uns vor deiner Hütte.«

Noch ehe Akim antworten konnte, erklang ein Kommandoruf. Der Drill ging weiter. Bis in die späten Abendstunden wurden die Kinder durch das Gelände gehetzt. Akim war schließlich so müde, dass er nur noch mit Mühe sein armseliges Abendessen hinunter bekam. Dann schleppte er sich in die Hütte, legte sich neben Malik nieder und fiel in einen traumlosen Schlaf.

Am Tag darauf war Ombeki verschwunden. Sein Platz neben Akim beim morgendlichen Appell war leer geblieben. Offensichtlich hatte sich Ombeki alleine zu Herrn Samsara aufgemacht. Akim wünschte von Herzen, dass Ombeki sich durchschlagen konnte. Vielleicht konnte er sogar Hilfe holen?

Papa Taylor Amin unterbrach Akims Überlegungen.

»Wir machen jetzt ein Spiel, Jungs!«, rief er und schwenkte einen roten Schuh.

»Das ist Ombekis Schuh«, fuhr es Akim durch den Kopf.

»Zu diesem Schuh gibt es irgendwo im Lager einen zweiten!«, rief der Kommandant. »Dieser Schuh birgt ein Geheimnis. Wer von euch den zweiten Schuh findet, wird das Geheimnis lüften und hat gewonnen. Natürlich bekommt der Gewinner einen Belohnung!«

Die Kinder sahen sich an. Dieses Spiel war immerhin eine Abwechslung zu dem militärischen Drill. Der Gewinner würde sogar eine Belohnung bekommen. Das hörte sich gut an.

»Aber kommt nicht auf dumme Gedanken«, fuhr Papa Taylor Amin fort. »Ihr wisst, das Lager ist streng bewacht. Außerhalb des Lagers gibt es wilde Tiere. Im hohen Gras lauern böse Geister. In der heißen Steppe würdet ihr qualvoll verdursten. Abhauen hat also keinen Zweck. Kapiert?«

Papa Taylor Amin grinste hämisch. Nach einem Handzeichen von ihm stoben die Kinder auseinander. Sie eilten aufgeregt durch das Lager. Wer würde den zweiten Schuh finden? Wem war das große Glück vergönnt?

Akim wollte ebenfalls loslaufen. Doch Papa Taylor Amin stellte sich ihm in den Weg. Er gab Akim ein Zeichen und nickte mit dem Kopf in eine bestimmte Richtung.

Wollte er Akim den Weg zu dem zweiten Schuh zeigen? Akim wusste nicht, was Papa Taylor Amin vorhatte. Doch es schien ihm ratsam, seinem Hinweis zu folgen. Konnte es sein, dass er ihm helfen wollte, das Spiel zu gewinnen? Und wenn ja, warum?

Zaghaft ging Akim in die Richtung, die ihm der Kommandant vorgegeben hatte. Papa Taylor Amin folgte ihm, als wäre er sein Schatten. Sie gingen an den Hütten vorbei, sie überquerten einen weiteren Platz und verließen schließlich das Lager. Die Wachposten salutierten, als Papa Taylor Amin an ihnen vorüberging. Wortlos gingen der Kommandant und Akim hinaus in die Steppe. Die Sonne brannte unerbittlich. Akim standen die Schweißperlen auf der Stirn. Unterwegs sah Akim ein Wasserloch. Es enthielt lediglich eine trübe Brühe, doch es war Wasser. Zu gerne hätte er seinen Durst gestillt. Papa Taylor Amin ging achtlos vorüber.

Im Lager hatten sie besseres Wasser. Es war abgefüllt in Plastikflaschen und stammte bestimmt von einem der Raubzüge. Papa Taylor Amins Bande hatte nicht nur Akims Dorf ausgeraubt. Bei ihren Überfällen hatten sie auch Farmen und kleine Städte geplündert und Vorräte mitgenommen.

»Stop!«, rief Papa Taylor Amin unvermittelt.

Sie machten an einem großen Dornenbusch Halt. Akim hörte ein Summen, als hätten sich sämtliche Fliegen des Landes an einem Ort versammelt. Das Summen kam hinter dem Dornenbusch hervor. Ein eigenartiger Geruch lag in der Luft. Es stank. Vor dem Busch lag ein roter Schuh.

Eine dunkle Ahnung beschlich Akim. Was verbarg sich hinter dem Busch? Was stank so grässlich und woher kamen all die Fliegen?

»Nun kommen wir also zu dem Spiel«, sagte Papa Taylor Amin. Vorsichtig ergriff er den roten Schuh, der am Boden lag und versteckte ihn hinter seinem Rücken.

Er kicherte.

»Und? Was wünschst du dir? Rechte Hand oder linke Hand? In einer Hand habe ich den Schuh. In der anderen ... Na, was meinst du?«

Papa Taylor Amin kicherte wieder.

»Er ist wahnsinnig«, dachte Akim. »Kein normaler Mensch benimmt sich so wie Papa Taylor Amin.«

Dennoch wusste Akim, dass er das Spiel mitmachen musste. Er zögerte. Was führte Papa Taylor Amin im Schilde? Akim deutete auf den linken Arm. Der Arm des Kommandanten schnellte hervor. Instinktiv wich Akim zurück. Papa Taylor Amin grinste.

»Glück gehabt, diese Hand ist leer«, sagte er. »In der anderen Hand habe ich den Schuh. Das ist der eigentliche Hauptgewinn. Jetzt muss ich ihn wohl selber behalten.«

Er sah Akim durchdringend an.

»Na, willst du mal sehen, was ich Schönes im Schuh habe? Es ist Ombekis Schuh, wie du weißt. Ombeki, der Freund der Fliegen. Ombeki, der leider nicht mehr unter uns weilt. Ombeki hinter dem Dornenbusch.«

Akim musste ein Würgen unterdrücken. Doch der Kommandant hatte es bemerkt. Er grinste erneut.

»Was ist, du willst doch sehen, was in dem Schuh ist, oder?«

Akim schüttelte ängstlich den Kopf. Was immer sich in dem Schuh verbarg, es konnte nur etwas Schlimmes sein. Er wollte sich abwenden, doch Papa Taylor Amin hinderte ihn daran und hielt ihm den Schuh vor das Gesicht. Akim schrie auf. In dem Schuh bewegte sich etwas. Es war ein schwarzer Skorpion. Papa Taylor Amin schüttelte sich vor Lachen.

»Mein Geschenk für Ombeki. Schönes Geschenk. Geschenk für jemanden, der abhauen will. Seine Kameraden im Stich lassen. Geschenk für einen, der nicht heldenhaft kämpfen will. Für unseren Anführer Papa Taylor Amin. Für den zukünftigen Präsidenten unseres schönen Landes. Für mich.«

Akim versuchte, sich Papa Taylor Amins Griff zu entwinden. Unvermittelt ließ der Kommandant los. Akim taumelte einen Schritt zur Seite.

»Schöner schwarzer Skorpion. Den schenke ich dir, wenn du auf dumme Gedanken kommst. So wie Ombeki. Du meinst, ich habe nicht gemerkt, wie du mit Ombeki gesprochen hast. Getuschelt habt ihr. Immer wieder. Geheimnisse, was? Was für Geheimnisse waren das?«

Akim antwortete nicht. Er wusste, Papa Taylor Amin würde ihm die Worte im Mund herumdrehen. Unvermittelt schien er das Interesse an Akim verloren zu haben.

»Ach, verschwinde«, sagte der Kommandant und versetzte Akim einen Stoß. Akim stolperte davon.

»Und denk daran!«, rief er Akim nach. »Immer schön bei Papa Taylor Amin bleiben!«

In der Nacht konnte Akim nicht einschlafen. Unruhig wälzte er sich auf seinem Lager hin und her. Er musste fort. Unter der Herrschaft Papa Taylor Amins wartete nur der Tod auf ihn. Es gab nur zwei schreckliche Möglichkeiten: Entweder würde er im Kampf sterben. Oder er müsste andere Menschen töten. Beides wollte er nicht. Akim schauderte bei dem Gedanken daran. Doch es gab noch eine dritte Möglichkeit: Er musste fliehen. Fliehen, bevor es zu seinem ersten Einsatz als Kindersoldat kam.

Doch wie sollte er das anstellen mit seinem kleinen Bruder? Eines war klar, ohne Malik würde er niemals das Weite suchen. Akim beschloss, Samsara zu suchen. Er musste nur den geeigneten Zeitpunkt finden. Akim hoffte inständig, dass es diesen Herrn Samsara überhaupt gab. Aber hätte Ombeki sonst sein Leben aufs Spiel gesetzt – und verloren?

In der Hütte war es stickig. Er weckte Malik.

»Lass uns draußen schlafen«, flüsterte Akim. »Ich halte es hier drinnen nicht aus.«

Schlaftrunken folgte Malik seinem großen Bruder. Sie legten sich hinter den Stamm eines Baumes, den Soldaten gefällt hatten, um jederzeit Brennholz zu haben. Malik hatte den Arm um seinen Bruder geschlungen und war gleich wieder eingeschlafen.

Akim betrachtete den einsamen Stern am Nachthimmel. Er leuchtete hell am schwarzen Himmelszelt. Irgendwie gab ihm der Stern Kraft und Zuversicht. Vielleicht sahen seine Eltern diesen Stern jetzt auch? Er glaubte daran. Irgendwo da draußen in dem dunklen Land warteten sie auf ihn. Auf ihn und Malik.

»Wir können es schaffen«, dachte Akim.

Irgendwann schlief er ein.

Als die beiden Brüder am nächsten Morgen erwachten, war das Lager verlassen. Akim konnte es zunächst nicht fassen. Sie waren tatsächlich ganz alleine. Außer ihnen war weit und breit keine Menschenseele zu sehen. Auch die Vorräte waren verschwunden. Vielleicht war die Bande wieder auf einem Raubzug? Oder sie hatten das Lager überstürzt aufgeben müssen?

»Warum haben sie uns alleine gelassen?«, fragte Malik seinen großen Bruder.

Akim sah ihn ratlos an.

»Ich weiß es nicht«, antwortete er.

»Vielleicht ist es eine Falle«, dachte Akim insgeheim. »Oder sie haben uns tatsächlich vergessen.«

Irgendwann würden sie zurückkommen. Was würde dann mit ihnen geschehen?

»Ich habe Angst«, sagte Malik.

Malik schien sich in der Gegenwart der rohen Kerle inzwischen sicherer zu fühlen als ohne sie. Das war verrückt. Die Soldaten gaben ihnen Schutz gegen wilde Tiere. Sie gaben ihnen zu essen und einen Schlafplatz. Doch zu welchem Preis? Nun mussten Akim und Malik sehen, wie sie alleine zurechtkamen.

»Ich habe Hunger«, quengelte Malik. »Und ich habe Durst.«

»Ich auch«, antwortete Akim. »Komm, lass uns sehen, ob wir etwas finden.«

Die Jungen durchsuchten das Lager. Doch es fand sich kein Hirsekorn, kein Tropfen Wasser. Die Tonkrüge waren leer, die Wasserflaschen waren verschwunden.

»Lass uns hier verschwinden«, sagte Akim. »Wir gehen hinaus in die Steppe. Irgendwo werden wir etwas zu essen finden.

Und ich weiß auch, wo ein Wasserloch ist. Außerdem können wir uns vor Papa Taylor Amin und seiner Bande verstecken.«

Er nahm Malik bei der Hand.

»Aber im hohen Gras warten die bösen Geister auf uns«, sagte Malik erschrocken. »Papa Taylor Amin hat uns das gesagt.«

»Es gibt keine bösen Geister«, antwortete Akim. »Die hat der Kommandant nur erfunden, um uns Angst einzujagen.«

Akim sagte das mit fester Stimme. Doch ganz sicher war er sich nicht. Eigentlich wusste Akim nicht, wie es weitergehen sollte. In ihr Dorf konnten sie nicht zurückkehren. Es gab kein Zuhause mehr. Sie mussten auf jeden Fall zu der Straße gelangen, auf der sie in das Lager gebracht worden waren. Vielleicht würden sie unterwegs Herrn Samsara treffen. Ombeki hatte gesagt, Herr Samsara würde ihnen helfen. Aber was war, wenn Herr Samsara ebenso eine Erfindung war wie Papa Taylor Amins böse Geister?

Die einzige Möglichkeit war das Krankenhaus, wo seine kleine Schwester behandelt wurde. Akim hoffte inständig, dass das Krankenhaus nicht auch in Flammen aufgegangen war wie sein Dorf. Bestimmt würden seine Eltern dort auf ihn warten.

Akim führte seinen Bruder zu dem Wasserloch, das ihm am Vortag aufgefallen war. Dort versorgten sie sich mit Wasser. Es war mühsam, die gefüllten Krüge zu tragen. Bei ihnen im Dorf waren es die Frauen und Mädchen gewesen, die sich um diese Arbeit kümmerten. Sie konnten die Krüge scheinbar mühelos auf den Köpfen balancieren, ohne etwas zu verschütten. Akim konnte das nicht. Nun bedauerte er, dass er diese Fertigkeit nie erlernt hatte. Es blieb den beiden Jungen nichts anderes übrig, als die Krüge umständlich vor sich her zu tragen. Allerdings wusste Akim, wie man sich in der Steppe mit Nahrung versorgt. Zur Not auch ohne Speer und andere Waffen. Raubtieren hingegen waren sie hilflos ausgeliefert.

Akim und Malik mochten wohl eine halbe Stunde gelaufen sein, als sie sich einem üppigen grünen Band aus meterhohem Gras näherten. Die Straße lag gleich dahinter. Ein ungewohntes Geräusch ließ sie aufhorchen. Es war ein Jeep.

Akim sah sie zuerst. Der Kommandant und drei weitere Kerle kamen auf sie zugerast. Sie hatten in der Zwischenzeit bemerkt, dass zwei der entführten Jungen fehlten. Er hatte umgehend die Suche aufgenommen – und Akim und Malik gefunden.

Papa Taylor Amin und die drei Männer waren alleine. Der Kommandant hatte die Kinder bereits ausgemacht. Mit der Rechten gestikulierte er wild mit der Maschinenpistole. Mit der Linken wies er dem Fahrer den Weg. Akim und Malik warfen die Wasserkrüge von sich und stürzten in das meterhohe Gras hinein, um sich zu verbergen. Hier würden sie die Männer nicht so leicht finden. Die beiden Brüder rannten um ihr Leben. Dabei achteten sie darauf, dass sie sich nicht aus den Augen verloren.

Akim konnte sich denken, was mit ihnen geschähe, wenn Papa Taylor Amin sie erwischen würde. Ihnen drohte das gleiche Schicksal wie Ombeki. Akim dachte an seine Eltern und an seine Schwester. Vielleicht würde er sie nie wieder sehen. Er wusste nun, wer die bösen Geister im hohen Gras waren, vor denen sie der Kommandant gewarnt hatte. Die bösen Geister waren Papa Taylor Amin und seine Kumpane selbst.

Wie ein gefährliches Tier verfolgte sie der schwere Geländewagen durch das hohe Gras. Rücksichtslos schlug er Schneisen der Verwüstung. Das Gebiet mit den Gräsern war begrenzt. Mit jedem Meter, den der Geländewagen zerstörte, schloss sich der Kreis enger um die fliehenden Kinder. Akim und Malik konnten es nicht wagen, in eine der Schneisen zu treten. Sie wären ein sicheres Ziel für den Kommandanten gewesen.

Zu ihrer Überraschung hörten sie, wie sich der Geländewagen plötzlich entfernte. Dann folgte Stille. Akim und Malik lauschten. Das einzige, was die beiden Brüder hörten, war der eigene Herzschlag. Ob die Bande die Jagd nach ihnen aufgegeben hatte, oder lauerten sie ihnen auf?

Die Stille wurde durch eine MP-Salve zerrissen. Akim und Malik zuckten zusammen. Weitere Salven folgten. Die Schüsse schienen sich zu überlagern. Es hörte sich nach einem Gefecht an.

»Herr Samsara«, schoss es Akim durch den Kopf. »Herr Samsara ist gekommen, um uns zu retten!«

Das Gefecht hatte ebenso schnell wieder aufgehört, wie es begonnen hatte. Die Kinder verharrten in ihrem Versteck. Erst nach geraumer Zeit schlichen sie vorsichtig aus der Deckung. Oben auf der Straße sahen sie den Geländewagen ihrer Verfolger. Er war auf die Seite gekippt. Von Papa Taylor Amin und seinen Männern war nichts zu sehen. Die Kinder wagten sich näher heran. Da erst sahen sie das zweite Auto. Der Lastwagen stand halb verborgen unter einem hohen Baum. Das Auto war weiß mit einem blauen Zeichen auf der Seitentür. Daneben stand ein Mann. Er war ebenfalls weiß angezogen und sah freundlich aus.

»Ist das vielleicht Herr Samsara«, überlegte Akim?

Vorsichtshalber beschlossen Akim und Malik, sich zurückzuziehen. Doch es war zu spät. Der Mann drehte sich um und blickte die Kinder erstaunt an.

»Wo kommt ihr denn her?«, fragte er.

Akim nahm seinen ganzen Mut zusammen.

»Sind sie Herr Samsara?«

Der Mann lächelte.

»Nein, ich bin nicht Herr Samsara. Ich heiße Musani.« Er machte eine kleine Pause. »Aber ich arbeite für Samsara.«

Akim und Malik atmeten erleichtert auf. Ombeki hatte also nicht gelogen. Herrn Samsara gab es tatsächlich. Und dies war einer seiner Freunde. Zögernd gingen die Kinder auf Herrn Musani zu.

Da sahen sie die beiden Soldaten. Sie hockten am Straßenrand und legten einem anderen Soldaten, der am Arm verletzt war, einen Verband an. Neben den Männern lagen Waffen und blaue Helme.

»Keine Angst«, sagte Herr Musani. »Das sind die Guten. Die Bösen, die in dem Jeep waren, sind abgehauen. Wie ihr sicher gehört habt, gab es eine Schießerei. Wir wurden von vier Männern in einem Jeep angegriffen. Sie hatten es offenbar auf unseren LKW mit Hilfsgütern abgesehen. Die Kerle wussten allerdings nicht, dass wir zu unserem Schutz Blauhelme an Bord hatten. Die Blauhelme sind Soldaten der Vereinten Nationen. Sie kämpfen gegen Gesetzlose. Die feigen Angreifer haben Reißaus genommen, wie ihr seht.«

Akim und Malik betrachteten in stiller Freude das verunglückte Fahrzeug. Die beiden wussten sehr genau, wer die Angreifer waren, die Hals über Kopf geflüchtet waren.

»Aber wer seid ihr eigentlich?«, fragte Herr Musani die Kinder. »Was macht ihr in dieser gefährlichen Gegend?«

Da erzählten Akim und Malik, was ihnen widerfahren war.

Akim hatte die Tage nicht gezählt, in denen er schon im Lager von Samsara war. Nachdem er und sein Bruder ihre tragische Geschichte erzählt hatten, brachte Herr Musani die Kinder an diesen Ort. Akim hatte sich schon darauf gefreut, Herrn Samsara persönlich kennen zu lernen. Sie waren überrascht, als sie erfuhren, dass Samsara kein Mann und auch keine Frau war. Samsara war der Name für eine Hilfsorganisation. Sie unterstützt verfolgte Menschen.

Akim war beinahe ein bisschen enttäuscht. Aber bald lernte er viele Menschen kennen, die für Samsara arbeiteten. Es waren Frauen und Männer aus ganz Afrika. Sie kamen auch aus anderen Ländern. Es gab also viele Samsaras. Sie hatten viele Gesichter.

Das Lager wurde von den Soldaten mit blauen Helmen bewacht. Hier waren sie sicher vor den Gesetzlosen. Im Lager gab es drei einfache Mahlzeiten am Tag. Es gab einen Platz zum Schlafen. Und es gab die Hoffnung, dass er und Malik eines Tages seine Eltern und seine Schwester wiedersehen konnte. Akim konnte die Stunden nicht zählen, in denen er nachts wach lag und an seine Eltern dachte. Ob sie noch lebten?

Ein Tag nach dem anderen verstrich. Die Sorge um seine Eltern und seine Schwester begleiteten Akim wie ein unsichtbarer Schatten. Nur selten konnte er sich für kurze Zeit von seinen düsteren Gedanken befreien. Die Schule half ihm dabei. Zum ersten Mal in seinem Leben konnte Akim eine Schule besuchen. Es war nur ein Dach über dem Kopf, das auf Stelzen stand. Mehr nicht. Doch es war eine Schule. Es gab richtige Tische, Stühle und eine Tafel mit Kreide und Schwamm.

Während Malik im Kindergarten spielte, lernte Akim in der Schule das Lesen, das Schreiben und das Rechnen. Besonders faszinierte Akim das Alphabet. Er fand es spannend, wie sich Buchstaben zu Worten verbinden ließen. Die Worte wiederum zu ganzen Sätzen. Und die Sätze schließlich zu Geschichten. Es war eine völlig neue Welt, die sich Akim erschloss.

Früher hatte es für ihn nur sein Dorf gegeben. Dann musste er erfahren, dass es eine Welt außerhalb seines Dorfes gab. Eine Welt voller Feinde und Grausamkeit. Doch hier im Lager erfuhr er, dass es außerhalb dieser Welt eine weitere gab. Eine Welt voller Mitgefühl und Freude. Und nicht zuletzt die Welt der Buchstaben.

Und da gab es eine Welt, die nur noch in Akims Gedanken lebte. Die Erinnerung an seine Eltern und seine Schwester. Akim hatte Heimweh.

Manchmal schlich er sich in der Nacht aus dem Schlafsaal und suchte nach dem einsamen Stern am Himmel, den er in der Nacht vor seiner Flucht zum ersten Mal wahrgenommen hatte. Mitunter war die Nacht voller Wolken. Dann entzog sich der Stern seinem Blick. Aber immer wenn seine Augen den Stern fanden, spürte er ein Gefühl der Geborgenheit. Dann war er zuversichtlich, dass irgendwann der Augenblick kommen würde, an dem er seine Eltern und seine Schwester wiedersehen würde.

Die Tage und Wochen vergingen. Es war kein Ende abzusehen, wie lange Akim und Malik noch im Lager von Samsara bleiben würden.

Eines Tages jedoch sollte Akim eine Nachricht erhalten, die das Leben der Kinder ändern sollte: Akim saß in der Schule und malte ein Bild von seinem Dorf, wie es einst ausgesehen hatte. Die Erinnerung an eine verschwundene Welt. Maliks Stimme riss Akim aus seiner Träumerei.

»Komm schnell, Akim!«, rief Malik aufgeregt in den Klassenraum.

Seine Augen waren weit aufgerissen.

»Es ist etwas geschehen!«

Dann rannte er davon, als säße ihm ein böser Geist im Nacken. Die anderen Mitschüler reckten verwundert ihre Köpfe. Die Lehrerin sah Akim fragend an.

»Etwas ist geschehen«, hallte es durch Akims Kopf.

Im ersten Moment war Akim wie gelähmt. Dann ließ er seinen Stift fallen und sprang auf. Seine Gedanken wirbelten durcheinander, als er aus dem Klassenzimmer hastete. Er rannte Malik hinterher.

»Warte doch, Malik!«, rief Akim. »So warte doch!«

Endlich hatte er seinen Bruder eingeholt.

»Malik, was ist geschehen?«, fragte Akim und hielt seinen Bruder an der Schulter fest. »Sag mir, was ist geschehen?«

Malik riss sich los. Er machte einen Sprung in die Höhe. Dabei lachte er übermütig.

»Etwas Schönes ist geschehen, Akim. Etwas Schönes! Sieh nur da vorne am Tor!«

Da sah Akim die Menschen vor dem Lagertor. Zwei Erwachsene und ein Kind. Es waren seine Eltern und seine kleine Schwester. Die Blauhelme öffneten das Tor. Als die Eltern Akim und Malik erblickten, breiteten sie die Arme aus.

»Lauf, Akim!«, rief eine Stimme in ihm. »Lauf, deine Eltern warten auf dich …«

»Das ist alles«, sagt der Junge. »Die Geschichte ist zu Ende.«

»Du wolltest uns noch sagen, wer diese Geschichte erlebt hat«, bittet Joseph Omondi mit ruhiger Stimme.

Für einen Moment herrscht Stille am Lagerfeuer.

»Ich habe diese Geschichte erlebt«, sagt der Junge. »Akim – bin ich.«

Juli, François, Michael und Nango sehen den Jungen mit-

fühlend an. Welche bitteren Erfahrungen er bereits als Kind machen musste. Joseph Omondi unterbricht das betretene Schweigen. Er lacht. Seine weißen Zähne leuchten. Aufmunternd schlägt er Akim auf die Schulter.

»Ein glückliches Ende«, sagt Joseph Omondi. »Seine Familie hat wieder zueinander gefunden. Akim durfte im Lager die Schule besuchen. Er kann jetzt rechnen, lesen und schreiben.«

Joseph Omondi wirft Akim einen väterlichen Blick zu.

»Akim ist der Juniorchef meines kleinen Unternehmens. Mein bester Mann. Er kann sogar Reifen wechseln«, sagt Joseph Omondi und strahlt über das ganze Gesicht. »Ein Geschichtensammler hat es ihm beigebracht.«

Akim lächelt schüchtern.

»Ich kann Reifen wechseln«, bestätigt er. »Aber nur, wenn ein Reifen zum Wechseln vorhanden ist«, fügt er mutig hinzu.

Alle müssen lachen.

»Morgen werden wir den Reifen wechseln«, sagt Joseph Omondi und reibt sich nachdenklich das Kinn. »Wir werden einen Reifen finden. Alles wird sich fügen. Alles hat seine Zeit. Auch der Weg von Akim an dieses Lagerfeuer hat seine Zeit gebraucht. Akim hat einen langen Weg zurückgelegt.«

Joseph Omondi stochert mit einem Ast im Feuer. Die Reisenden betrachten den Funkenflug. Für einen Moment werden sie eins mit dem Stern, der über ihnen steht.

»Ich will euch die Geschichte von einem Mädchen erzählen, das auch einen langen Weg zurückgelegt hat«, sagt Joseph Omondi.

Der Geschichtensammler legt ein weiteres Holzscheit ins Feuer.

»Die Geschichte, die ich euch erzählen will, beginnt in einem kleinen Dorf in Kenia.«

Eine Flötenakazie für Serah

Die Flötenakazie war in Sichtweite. Also hatte Serah die Hälfte des Weges geschafft. Sie liebte diesen Baum. An anderen Tagen gönnte sie sich hier eine kurze Pause. Aber heute nicht. Heute verbot sie sich, eine Samenschote aufzuheben, um deren Muster zu bewundern, das gefräßige Ameisen hineingenagt hatten. Sie würde heute auch nicht in die helle Schote blasen, um ihr eine Melodie zu entlocken. Dafür war keine Zeit. Heute war Serah sehr spät dran. Noch später als sonst.

Serah rannte weiter. Durch die mit Dornbüschen bewachsene Savanne, wo sie sich täglich die Beine aufkratzte. So sehr Serah sich auch bemühte, sich ausschließlich auf dem Trampelpfad zu bewegen, die Dornen fanden immer zu ihren Beinen. Die blöde Dornenstrecke wollte kein Ende nehmen. Endlich sah sie den Elektrozaun. Im Morgendunst erkannte sie das rote Ziegeldach des Farmhauses der Labots, der reichsten Farmer weit und breit. Vielleicht sogar der reichsten Farmer in ganz Kenia. Serah winkte den weißen Zeburindern zu, die auf der anderen Seite des Zauns nach Futter Ausschau hielten. Sie rannte weiter. Immer am Zaun entlang. An dessen Ende empfingen sie die riesigen Kandelaber-Kakteen, die mindestens doppelt so groß waren wie sie selbst. Und furchtbar stachelig. Hinter den Kakteen musste Serah nur noch einen Hügel hinaufrennen, allerdings einen ziemlich steilen. Oben angekommen sah sie bereits die ersten Wellblechhütten von Makutano. Jetzt war es nicht mehr weit. Die staubige Straße entlang bis zur Kreuzung, dann rechts. Serah gab nochmal Gas und bog atemlos in den Schulhof ein.

Zu spät. Alle saßen schon in ihrem Klassenzimmer mit dem gestampften Lehmboden, den gelb-grün bemalten Lehmwänden, dem Wellblechdach und den langen Tischen und Bänken, an denen zehn Schüler Platz fanden. Atemlos zog sich Serah ihre Schuhe an, die sie in der Schule tragen musste. Das war Vorschrift. Schuhe waren furchtbar, Serah fühlte sich darin wie eingesperrt. Zaghaft klopfte sie dann an die Tür.

»Herein.«

Sie atmete noch einmal tief durch, bevor sie leise öffnete. Serah konnte sich lebhaft vorstellen, was sie gleich zu hören bekam.

»Ah, Fräulein Serah Omondi gibt uns auch die Ehre. Zu spät zwar, aber das ist ja nichts Neues«, empfing sie Frau Mulei in herablassendem Ton. »Was ist denn heute der Grund für die Verspätung?«

»Entschuldigung.« Mehr brachte Serah nicht heraus.

Was hätte sie auch sagen sollen? Etwa, dass heute Morgen schon alles schiefgegangen war? Dass sie sich beim Wasserholen am Fluss besonders beeilte, um pünktlich zu sein, und in ihrer Hast über einen Stein stolperte. Dass dabei der schwere Wasserbottich, den sie auf ihrem Kopf balancierte, bedrohlich wackelte. Dass er zwar nicht herunterfiel, aber ein Großteil des Wassers herausschwappte, sodass Serah nicht nur nass war, sondern auch noch einmal zurück zum Fluss musste, um den Bottich erneut aufzufüllen. Hätte sie das der grimmig dreinschauenden Mulei sagen sollen? Oder dass sie anschließend den Zwillingen Beldine und Moses das Frühstück machte, bevor sie die beiden zu ihrer Mutter aufs Feld brachte, die dort schon seit zwei Stunden schuftete. Hätte sie das alles ihrer Lehrerin erzählen sollen? Etwa auch, dass die kleine Beldine sich nach dem Frühstück übergeben musste? Dass Serah die Schwester umziehen, ihr Kleidchen auswaschen und zum Trocknen aufhängen musste. Erst als sie die Zwillinge zur Mutter gebracht hatte, konnte Serah zur Schule losspurten.

Aber neun Kilometer waren neun Kilometer. Für den Schulweg brauchte sie eben lange, selbst, obwohl sie schnell rennen konnte. Das alles hätte Frau Mulei nicht im Geringsten beeindruckt. Nicht bei Serah, denn sie gehörte leider nicht zu ihren Lieblingen. Serah und ihre Freundin Vinick hatten es bei der Mulei nicht leicht. Die Mädchen fanden keine Erklärung dafür. Vielleicht gab es auch keine. Jedenfalls konnten sie es der Lehrerin eigentlich nie recht machen. Zu dumm, dass Frau Mulei nicht nur ihre Lehrerin, sondern auch die Schulleiterin war.

»Entschuldigung«, sagte Serah noch einmal und setzte sich neben Vinick.

»Wir sprechen uns nachher noch«, erwiderte die Mulei nur.

Vinick nickte Serah aufmunternd zu. Die versuchte nur, sich irgendwie auf Mathe zu konzentrieren.

Plötzlich klopfte es erneut. Automatisch drehten sich alle Köpfe zur Tür. Herr Wambui, der Besitzer des Dorfladens und so etwas wie der Bürgermeister, trat ein. Sofort standen alle auf und sagten im Chor: »Guten Morgen, Herr Wambui.«

»Guten Morgen, Kinder. Frau Mulei«, er nickte der Lehrerin zu. »Gerade bekam ich einen Anruf vom Schulamt. Morgen bekommt unsere Saint-Mary-School Besuch vom Schulamt. Sie wollen unsere Schule besichtigen. Seid freundlich zu den Leuten und kommt bitte ordentlich. Keine schmutzigen Schuluniformen, verstanden?«

»Jawohl, Herr Wambui«, rief die Klasse.

»Die Besucher wollen sich auch von der Schulleitung und ihrem Unterricht ein Bild machen«, fügte Herr Wambui hinzu. »Ich dachte, das interessiert Sie sicherlich, darum bin ich sofort hierhergekommen, um Sie zu informieren. Vielleicht sollten Sie, Frau Mulei, morgen einen ganz besonders interessanten Unterricht machen.«

Die Lehrerin wurde blass. Sie galt nicht gerade als einfallsreich, was ihren Unterricht anbelangte.

»Alles klar, Kinder?«

»Jawohl, Herr Wambui.«

Freundlich lächelnd verabschiedete er sich.

Am Ende des Schultages hatte es Frau Mulei so eilig, nach Hause zu kommen, um den Unterricht vorzubereiten, dass sie die Strafpredigt für Serah glatt vergaß. Außerdem ärgerte sie sich immer noch maßlos, dass die Schulbehörde bei Bürgermeister Wambui und nicht bei ihr angerufen hatte. Schließlich besaß sie doch ein todschickes goldenes Mobiltelefon.

Am nächsten Morgen wollte Serah unbedingt pünktlich sein. Sie erhob sich bereits von ihrer Schlafmatte, als die Sterne noch am Himmel funkelten. Leise schnappte sie sich den großen Wasserbottich und trat vor die Lehmhütte, die denselben gestampften Boden hatte wie das Klassenzimmer. Der Wind strich kühl durch ihr Haar. Serah fröstelte. Ihr war mulmig zumute, als sie sich auf den Weg machte.

Die Nacht war voller Geräusche. Grillen zirpten. Das Gras der Savanne bog sich leicht rauschend im Wind. Was war das? Ein Knacken im Unterholz? Was konnte das sein? Ein Gepard? Ausgeschlossen. Geparden jagen tagsüber. Vielleicht nur eine Impala-Antilope, die von ihr aufgeschreckt worden war? Oder viel schlimmer: eine Tüpfelhyäne oder gar ein Löwe? Quatsch, Löwen gab es hier, im Norden Kenias, keine. Zumindest hatte Serah noch nie davon gehört. Ein Räuber? Ein Dieb? Was könnte es sein? Vielleicht doch eine Tüpfelhyäne, die sich über ein totes Tier hermachte und die ziemlich sauer wurde, wenn jemand sie bei ihrem Festmahl störte.

Serah lauschte gebannt. Doch außer den Grillen und dem Gras war nichts mehr zu hören. Sie musste weiter, den Weg entlang, den sie bei Tageslicht schon Hunderte, vielleicht sogar Tausende Male gegangen war. Von dem sie dachte, dass sie jeden Strauch, jeden Stein, jedes Staubkorn kennen würde.

Doch in der Dunkelheit erschien ihr der Weg fremd. War das schon die Biegung beim Dornenbusch, der gerade die kleinen gelben Früchte trug? Oder war es erst die Biegung, an der sich die Eidechsen so gerne sonnten? War da wieder ein Knacken? Ein Tier oder nur ein Ast im Wind? Ach, wenn sie doch schon am Fluss wäre.

Vor Angst hatte sie eine Gänsehaut. Verzweifelt schaute Serah nach oben zum Himmel, als ob von dort Hilfe zu erwarten wäre. Tausende Sterne, Millionen Sterne, eine ganze Milchstraße voller Sterne leuchteten dort. Wie wunderschön. Und mittendrin in diesem Glanz leuchtete ein Stern ganz besonders hell. Er schien zu blinken oder ihr zuzwinkern. Serah zwinkerte zurück.

Plötzlich war sie voller Zuversicht: Klar, war sie bereits an der Biegung beim Dornbusch. Nur noch ein-, vielleicht zweihundert Meter bis zum Fluss. Und das Knacken, das war doch nur ein Ast im Wind.

In der rötlichen Morgendämmerung füllte sie das Wasser in den Bottich. Summend machte sich Serah auf den Rückweg. Von Weitem hörte sie den ersten Hahnenschrei. Sie schaute noch einmal zum Himmel, doch die Sterne waren nicht mehr zu erkennen.

»Du warst heute aber schon früh unterwegs, Chepkite«, begrüßte die Mutter sie mit sanfter Stimme.

Chepkite, was in der Sprache der Kikuyu »Kleine« bedeutet, war immer noch Serahs Kosename, und das, obwohl die Zwillinge jünger und natürlich auch viel kleiner waren als sie selbst. Doch für ihre Mutter war und blieb sie Chepkite.

»Ich muss heute pünktlich in der Schule sein«, sagte Serah und fütterte die gackernden Hühner, während die Mutter ein Feuer für den Frühstücksbrei entfachte.

»Gut so, Chepkite. Du bist so fleißig, ich bin so stolz auf dich. Aber vor der Schule musst du noch die Zwillinge zu Mama Busia bringen. Ich geh gleich auf den Markt und verkaufe ein paar Tomaten. Dann reicht das Geld, bis Vater nächste Woche kommt, hoffentlich«, fügte sie kaum hörbar hinzu.

Vater. Serahs Gesicht hellte sich auf. Wie lange hatte sie ihren Vater nicht gesehen? Wochenlang? Oder Monate?

Nächste Woche würde er kommen und neue Abenteuergeschichten mitbringen. Manche davon dachte er sich am Steuer seines Lastwagens aus, wenn er Kilometer für Kilometer über den Trans-African Highway fuhr. Von Mombasa nach Uganda. Oder von Uganda nach Mombasa. Tausende von Kilometer. Unentwegt. Manche seiner Geschichten erlebte Vater selbst.

Gab es etwas Schöneres, als auf Vaters Schoß zu sitzen, seinen Geruch nach Diesel und Schweiß und Weite und frisch gewaschenem Hemd einzuatmen und seinen Geschichten zu lauschen? Jedes Mal musste Serah erraten, ob es sich um eine wirkliche oder eine ausgedachte Geschichte handelte. Es gab nichts Schöneres als diese Zeit mit ihrem Vater.

Doch nun blieb keine Zeit zum Träumen. Erst schlang sie selbst den Maisbrei hinunter, dann fütterte sie die Zwillinge. Den Hof würde sie heute Abend kehren, genauso wie die Schlafmatten ausklopfen und das Geschirr spülen. Beldine blickte sie aus glasigen Augen an.

»Fühlst du dich immer noch nicht wohl, meine Süße?«, fragte sie ihre Schwester besorgt. Beldine konnte zwar noch nicht sprechen, ihr müder Blick beantwortete die Frage auch so. »Wir müssen trotzdem zu Mama Busia.«

In der kleinen Wellblechhütte von Mama Busia war es schon so früh am Morgen brütend heiß. Mama Busia war der rettende Engel für alle in der Umgebung. Sie war alt, hatte fast keine Zähne mehr, aber ein großes Herz. Egal, ob man dringend etwas Maismehl oder eine Hacke ausborgen wollte oder einen Babysitter brauchte, Mama Busia sagte nie nein. Dafür liebten sie alle. Und es gab niemanden, der seine Schulden bei Mama Busia nicht beglichen hätte.

»Wen haben wir denn da?«, begrüßte Mama Busia die drei Kinder.

Serah brauchte nichts zu sagen. Mama Busia wusste sofort, dass sie heute gefragt war.

»Bist ein tüchtiges Mädchen«, lobte sie Serah und strich ihr zärtlich über den Kopf, bevor sie ihr die Zwillinge abnehmen wollte. Doch Beldine begann zu schreien und boxte mit ihren kleinen Fäusten um sich. Sie wollte nicht zu Mama Busia, sie wollte lieber bei ihrer Schwester bleiben.

»Das geht jetzt nicht, meine Süße«, redete Serah auf sie ein. »Ich muss zur Schule. Ich muss pünktlich sein.«

Doch Beldine schrie weiter und klammerte sich verzweifelt an Serah. Die versuchte sich sanft, aber doch bestimmt zu befreien. Und dann passierte es: Beldine übergab sich auch heute. Und zwar direkt auf die weiße Bluse von Serahs Schuluniform.

»Oh nein«, rief sie entnervt.

Beldine erschrak, ließ die Schwester los und flüchtete in die Arme von Mama Busia.

»Am Brunnen hinterm Haus kannst du dich sauber machen«, sagte Mama Busia sofort.

Serah versuchte es. Doch so viel sie auch wischte und rubbelte, es blieb ein unübersehbarer Fleck. Um ihn auszuwaschen, wären warmes Wasser und Waschpulver nötig gewesen. Doch dafür hätte sie erst ein Feuer entfachen und das Wasser erwärmen müssen. Dazu war absolut keine Zeit. Der hartnäckige Geruch von Erbrochenem hing ihr in der Nase. Es war peinlich. Ausgerechnet heute. Selbst wenn sie Zeit gehabt hätte, hätte sie die Bluse nicht wechseln können. Serah besaß nur diese eine Bluse, sonst gab es nur noch drei verschlissene, ausgeblichene T-Shirts in ihrem Fach in der Kommode.

Sie musste dringend los. Schnell küsste sie die Zwillinge auf die Stirn, warf Mama Busia eine Kusshand zu und rannte los.

Sie rannte, so schnell sie konnte. Spürte die Dornen nicht, nahm kaum Notiz von der Flötenakazie, überlegte sich nicht, ob im hohen Gras ein Gepard jagen könnte oder ihr von dem Termitenhügel aus auflauerte. Serah rannte: kraftvoll, leichtfüßig und schnell. Der Elektrozaun. Die Zeburinder. Die Kandelaber-Kakteen. Den Hügel spurtete sie nach oben, so schnell wie noch nie. Bei den ersten Wellblechhütten versuchte sie noch einen Zahn zuzulegen. »Schneller, schneller. Ich muss pünktlich sein«, war das Einzige, was sie denken konnte.

Keuchend bog sie in den Schulhof ein. Die letzten Schüler verteilten sich gerade in ihren Klassenzimmern. Serah hinterher. An der Tür stand Frau Mulei mit strengem Blick. Abwechselnd schaute sie den kurzen Flur entlang und zur Frau vom Schulamt, die neben ihr stand.

Unmerklich atmete Frau Mulei auf, als Serah angespurtet kam. Doch als sie genauer hinschaute, wollte sie ihren Augen nicht trauen: Serah war barfuß und schon von Weitem war der Fleck auf ihrer Bluse zu erkennen.

»Wo sind deine Schuhe?«, fauchte sie zur Begrüßung. Und an die Frau vom Schulamt gerichtet: »Serah ist unser Problemfall.«

»Entschuldigung, Frau Mulei«, presste Serah zwischen zwei Atemzügen hervor.

»Du bist aber gerannt«, sagte Frau Odeke vom Schulamt freundlich. »Wo wohnst du denn?«

Serah japste nach Luft. »In, in ...« Sie konnte noch nicht sprechen.

»In einem winzigen Dorf, neun oder zehn Kilometer von hier«, kam Vinick ihr zur Hilfe.

»Und du bist den ganzen Weg gerannt?«

Serah nickte.

»Ist es wirklich so weit?«, wollte sich Frau Odeke, die Schulamtsfrau, vergewissern.

Die Lehrerin zuckte nur mit den Schultern. Darüber, wo ihr Problemfall wohnte, hatte sie sich noch nie Gedanken gemacht.

»An der Flötenakazie bei der Labot-Farm ist ungefähr Halbzeit« sagte Serah immer noch keuchend.

»Den Baum kenne ich, den hat mir Herr Labot mal gezeigt. Dann musst du auch noch den Berg hochrennen.«

Serah nickte.

Frau Odeke schien zu überlegen. »Wer hat denn hier die letzten Schulmeisterschaften im Laufen gewonnen?«

»Schulmeisterschaften? So etwas gibt es bei uns nicht«, meinte Frau Mulei mit leicht heruntergezogenen Mundwinkeln. Sie hasste Sport. Frau Odeke hingegen hielt immer Ausschau nach neuen Lauftalenten. Und sie war sehr stolz, dass sie Abel Kiruiaus entdeckt hatte, der Weltmeister im Marathonlauf wurde und bei den Olympischen Spielen in London Silber gewonnen hatte.

»Keine Schulmeisterschaften? Dann wird's aber Zeit. Ich ordne ein 800-Meter-Rennen um die Schulmeisterschaft an. Und zwar in einer halben Stunde«, sagte Frau Odeke bestimmt.

Der Blick, der Serah nun traf, war eisig. Damit konnte Frau Mulei ihre ausgezeichnet vorbereitete Mathestunde vergessen.

Und damit wohl auch die Beförderung, auf die sie heimlich gehofft hatte. Die Mulei träumte davon, in der Hauptstadt Nairobi zu leben.

In der Zwischenzeit versammelten sich alle Schülerinnen und Schüler der Saint-Mary-School auf dem knochentrockenen Sportplatz. Ein paar hatten ihre Sportkleidung dabei. Der Rest wartete in der Schuluniform auf den Start. So auch Serah. Sie hatte sich von ihrem morgendlichen Lauf bereits wieder gut erholt, sie fühlte sich ausgezeichnet, vor allem auch, weil Mathe ausfiel. Frau Mulei stand abseits. Ihre Mundwinkel zuckten, wie immer, wenn sie beleidigt war.

Endlich war Serah an der Reihe. Frau Odeke hatte bestimmt, dass Serah mit größeren Jungs, mit James, David und Kennedy, laufen sollte. Vier Runden würden sie über den unebenen Platz rennen. Frau Odeke klatschte in die Hände, das war das Startzeichen.

Serah rannte los, barfuß und mit wehendem Rock. Sie wollte ihr Bestes geben, um mit den Jungs mitzuhalten. Doch nach 100 Metern war sie an Kennedy vorbei, kurz darauf an David. Dabei rannte Serah noch nicht einmal so schnell, wie sie eigentlich konnte. James hielt mit ihr mit. Mal war er ein paar Zentimeter vorne, mal Serah. Nie im Leben hätte sie gedacht, dass die Jungs nicht schneller waren als sie. Ihr Ehrgeiz erwachte. Während sie die ersten beiden Runden rannten, stellte sie sich vor, dass gleich die Schulglocke läuten würde und sie gerade erst bei den Wellblechhütten war.

Die ganze Schule sah zu und staunte, wie Serah plötzlich davonzog. Zehn Meter hatte sie James schon hinter sich gelassen, dann 20. Erst ging ein Raunen durch die Menge, dann feuerten alle Serah an. Sogar Frau Mulei schaute gebannt auf ihre Schülerin, die über den Platz zu fliegen schien.

Da! Serah war im Ziel! Sie strahlte und der Fleck auf ihrer Bluse leuchtete wie eine Medaille. Alle klatschten und tobten und Frau Odeke, die die Zeit gestoppt hatte, schüttelte immer wieder den Kopf.

»Unglaublich Serah, du bist beinahe Landesrekord in deiner Altersklasse gelaufen. Und das mit Rock und barfuß. Das ist fantastisch. Absolut fantastisch.«

Nun lief auch James durchs Ziel. Er keuchte und japste nach Luft. Die beiden anderen hatten noch gut 30 Meter vor sich. Im Ziel waren alle drei völlig außer Puste und schüttelten genauso ungläubig den Kopf wie Frau Odeke. Außerdem war es ihnen etwas peinlich, dass ein Mädchen so viel schneller war als sie.

Und Serah? Die freute sich sehr über den Applaus und strahlte alle an. Gleichzeitig wunderte sie sich, dass wegen so etwas Normalem wie rennen solch ein Jubel ausbrach. Es war doch das, was sie jeden Tag machte, länger sogar und oftmals auch schneller.

Frau Odeke nahm sie lächelnd zur Seite und legte ihre Hände auf Serahs Schultern. »Das war klasse. Du bist ein echtes Naturtalent, Serah. Hast du schon mal von Tegla Loroupe gehört? Oder von Abel Kiruiaus? Oder Sally Barsosio, Wilson Kiprotich oder Wilson Kipketer?«

Serah schüttelte den Kopf.

»Das sind oder waren alles Weltklasseläufer. Die besten Läufer der Welt, verstehst du? Olympiasieger, Weltrekordler. Alle kommen sie aus Kenia und fast allen erging es so wie dir. Tegla Loroupe zum Beispiel hatte 23 Geschwister, sie musste erst die Kleineren füttern, bevor sie selbst zur Schule gehen konnte. Egal wie früh Tegla aufstand, es passierte immer etwas Unverhofftes, sodass sie jeden Tag zur Schule rennen musste.«

Wie gut Serah das verstand.

»Was wurde aus Tegla?«

»Tegla gewann viele Marathonrennen in der ganzen Welt und war lange Jahre die beste Marathonläuferin, die es gab. Mit dem Laufen verdiente sie viel Geld, sodass sie allen Geschwistern helfen konnte. Sie kaufte Land für ihre Brüder. Und als der Sohn einer Nachbarin schwer krank wurde, bezahlte Tegla seine Operation. Heute besitzt Tegla ein Hotel in Nakuru. Und sie hilft Kindern und dem Sport in Kenia.«

Serah war sprachlos.

»Wenn du Tegla nicht kennst, dann hast du wahrscheinlich auch noch nie etwas von Bruder Colm gehört.«

Erneut schüttelte Serah den Kopf.

»Bruder Colm stammt aus Irland. Er war der Schulleiter der Saint-Patrick-School in Iten. Er hat die meisten dieser Weltklasseläufer entdeckt und trainiert. Ich würde dich gerne Bruder Colm vorstellen. Er soll dich laufen sehen. Wie wär's, kommst du gleich nach der Schule mit mir mit?«

Serah schwirrte schon der Kopf wegen all dieser neuen Informationen und Ideen, die Frau Odeke in ihr Leben brachte. »Iten? Wo ist das?«

»Iten ist 100, vielleicht 150 Kilometer von hier entfernt. Mit dem Auto dauert es nicht lange bis dorthin. Sicherlich können wir bei Bruder Colm übernachten und morgen oder übermorgen bringe ich dich wieder zurück.«

Hundert Kilometer! So weit war Serah noch nie von Zuhause weg gewesen. Noch nie hatte sie woanders geschlafen, als in ihrer kleinen Hütte. Und Autos kannte sie nur von außen. Nur einmal war sie mit dem Bus nach Cheparema gefahren. Das alles klang für Serah wie ein Traum aus einer anderen Welt.

»Das geht nicht«, stammelte sie plötzlich. »Ich muss die Zwillinge bei Mama Busia abholen. Und den Hof kehren. Und Mutter muss ich erst fragen. Und meine Bluse waschen. Und Frau Mulei wäre bestimmt nicht damit einverstanden. Und ...«

Erst schmunzelte Frau Odeke nur, dann begann sie zu lachen. Auch Serah musste lachen, obwohl sie nicht wusste, warum. Aber sie mochte Frau Odeke und deren Begeisterung fürs Laufen.

»Du hast Recht. Zuerst holen wir die Zwillinge, dann fahren wir zu deiner Mutter und fragen sie. Und um Frau Mulei werde ich mich kümmern.«

»Chepkite, was ist passiert?«, fragte die Mutter besorgt, als sie ihre Tochter mit einer fremden Frau aufs Feld kommen sah. Mutter sah müde aus und war es auch. Der Tag auf dem Markt war anstrengend gewesen und hatte nur ein paar Schillinge eingebracht. Viel weniger, als sie sich erhofft hatte. Sie hatte keine Ahnung, wie sie die Zeit überstehen sollte, bis ihr Mann mit seinem spärlichen Lohn kam.

Serah begann zu berichten. Sie erzählte von den Schulmeisterschaften, wie sie die Jungs hinter sich gelassen hatte, und sie erzählte von Tegla Loroupe. Dann mischte sich Frau Odeke ein, stellte sich vor, schilderte Serahs Talent und berichtete von Iten und Bruder Colm. Die Mutter stützte sich auf den Spaten und hörte aufmerksam zu. Von all den Neuigkeiten schwirrte ihr genauso der Kopf wie zuvor ihrer Tochter. Aber es waren gute Neuigkeiten. Mutters Müdigkeit war wie weggeblasen.

»Möchtest du, Chepkite?«, fragte sie ihre Tochter. Die Antwort konnte sie in Serahs leuchtende Augen lesen.

»Dann habe ich nichts dagegen. Bestimmt wird auch mein Mann einverstanden sein«, sagte die Mutter und lächelte. Ihre Chepkite sollte ihre Chance erhalten. Auch wenn sie selbst dafür noch früher aufstehen musste und noch mehr Arbeit hatte. Das war egal. Sie würde es gerne für ihre große Kleine tun, der sie selbst nichts bieten konnte. Was würde ihr Mann wohl dazu sagen? Würde er es für eine ausgedachte Geschichte halten?

Serah saß im Auto und ließ die herrliche Landschaft an sich vorbeiziehen. Die Landschaft Kenias mit ihren hohen Bergen und den grünen Teeplantagen. Sie kam aus dem Staunen nicht mehr heraus. Alles war so schön wie im Märchen. Sie war aufgeregt, neugierig, voller Erwartung, angespannt und glücklich, alles zugleich. Serah wollte sein wie diese Tegla Loroupe, die sie zwar nicht kannte, die ihr aber schon sehr vertraut vorkam. Pfeilschnell und hilfsbereit.

Dann würde sie dafür sorgen, dass Beldine vom besten Doktor Kenias untersucht werden würde und Mutter nicht mehr so hart arbeiten müsste. Genauso wie Vater. Er bräuchte nur mit dem Lastwagen unterwegs sein, wenn er wollte. Und für Mama Busia würde sie eine kleine Hütte kaufen, in der es nicht so heiß wäre. Und Strom würde es darin geben. In allen Hütten sollte es Strom geben. Und die Frauen und Mädchen müssten nicht mehr frühmorgens zum Fluss gehen, um Wasser zu holen. Denn in jedem Dorf würde es einen Brunnen geben.

Es dämmerte, als sie in den Schulhof von Saint-Patricks einbogen. Ein Stern stand schon am Himmel. Er schien ihr wie einer alten Freundin zuzuzwinkern. Vor dem Schulgebäude wuchsen einige Bäume. Ganz verschiedene Bäume. Serah konnte ihren Blick nicht von ihnen abwenden.

»Das sind ganz besondere Bäume«, erklärte Frau Odeke. »Alle Läufer, die von Bruder Colm trainiert wurden und Weltrekord liefen oder ein besonderes Rennen gewannen, pflanzten hier einen Baum. Welchen würdest du pflanzen?«

»Eine Flötenakazie«, sagte Serah spontan und ging entschlossen, zugleich freudig und leichtfüßig dem rothaarigen Bruder Colm entgegen.

Das war die Geschichte von Serah, meiner Tochter«, sagt Joseph Omondi.

»Sie hat es tatsächlich geschafft. Serah ist heute eine der besten Läuferinnen Kenias. Sie ist nicht reich geworden mit ihrem Talent. Aber sie hat unserer Familie zu einem bescheidenen Wohlstand verholfen.«

Joseph Omondi weist mit der Hand in die Dunkelheit.

»Sie hat mir diesen Pick-up gekauft, den die Nacht gerade vor uns verbirgt. Ich habe es meiner Tochter zu verdanken, dass ich heute mein eigener Chef bin.«

Der Geschichtensammler deutet auf seinen Kassettenrekorder.

»Auch das Aufnahmegerät ist ein Geschenk meiner Tochter. Früher musste ich mir alle Geschichten merken. Heute nehme ich sie auf.«

Juli, François, Michael und Nango blicken Joseph Omondi an. Akim zeichnet mit einem Stock Figuren in den Sand.

Es ist still geworden an ihrem Lagerfeuer. Jeder hängt seinen Gedanken nach. Juli und François betrachten den Stern, der über ihnen steht. Aber was ist das? Da sind plötzlich drei Sterne. Zwei davon stehen deutlich tiefer als der Stern, der schon die ganze Nacht am Himmel steht. Juli und François wollen ihren Augen nicht trauen. Die beiden Sterne scheinen sich auf sie zu zubewegen.

»Seht nur«, sagt Juli schließlich.

Alle blicken in die Richtung der rätselhaften Lichter.

»Das sind die Scheinwerfer eines Autos«, sagt Joseph Omondi schließlich.

Juli und François werfen sich einen Blick zu. Im ersten Moment hatten sie tatsächlich gedacht, dass zwei Sterne auf sie zukommen. Die beiden schütteln den Kopf. Was man sich alles einbilden kann in einer solchen Nacht der Geschichten ... Der Jeep hält am Rande des Lagers. Eine Frau und ein Mann steigen aus. Joseph Omondi geht den beiden ein paar Schritte entgegen.

»Willkommen in unserer Runde«, sagt der Geschichtensammler. »Ich hoffe, ihr habt Geschichten mitgebracht?«, fragt er die neuen Gäste.

Die beiden sehen sich verblüfft an.

»Wir sammeln tatsächlich Geschichten«, sagt der Mann schließlich.

»Wir sind Schriftsteller«, ergänzt die Frau. »Wir sind auf der Suche nach Abenteuern.«

»Dann seid ihr bei uns richtig«, entgegnet Joseph Omondi erfreut. »Wir erzählen uns schon die ganze Nacht Abenteuergeschichten am Lagerfeuer. Allerdings hat unsere Rast inmitten der nächtlichen Savanne einen Grund. Wir haben eine Reifenpanne.«

Joseph Omondi deutet auf den Reifen, der zerfetzt auf der Erde liegt.

»Ich glaube, da können wir euch helfen«, sagt die Frau

schließlich. »Wir haben einen Ersatzreifen dabei. Er könnte passen.«

Joseph Omondi blickt nach oben. Dort steht noch immer der Stern am Nachthimmel. Er reckt seine Arme in die Höhe. Gerade so, als danke er einer unsichtbaren Macht. Der Geschichtensammler umarmt die beiden Neuankömmlinge. Dann führt er sie ans Lagerfeuer.

Die beiden Reisenden stellen sich als Iris und Tino aus Deutschland vor. Die anderen erwidern ihren Gruß und nennen ihre Namen. Iris und Tino setzen sich ans Feuer.

»Die beiden haben eine Überraschung«, sagt Joseph Omondi. »Sie haben einen Reifen für uns.«

Ein Raunen geht durch die Runde.

»Wir werden den Reifen am Morgen wechseln«, erklärt Joseph Omondi. »Heute ist es zu spät.«

Der Geschichtensammler bietet Iris und Tino eine Tasse Tee an. Dann erzählt er den beiden von der Begegnung mit dem Nashorn, der Verfolgungsjagd und der Reifenpanne. Iris und Tino hören interessiert zu. Das ist wieder eine Geschichte für ihre Sammlung.

»Wir sammeln Geschichten für ein Buch über Afrika«, sagt Iris. »Hast du noch mehr Geschichten?«

»Viele Geschichten ...«, sagt Joseph Omondi nachdenklich und lächelt.

Er blickt auf seine Armbanduhr. In wenigen Stunden graut der Morgen. Bald muss er viele Kilometer fahren, um die Reisenden sicher an ihr Ziel zu bringen.

»Die Nacht ist weit vorangeschritten«, sagt der Geschichtensammler. »Gerne hätte ich euch noch die eine oder andere Geschichte erzählt. Doch alles hat seine Zeit. Ich hoffe, ihr versteht, dass ich mich ein wenig ausruhen muss? Morgen liegt eine lange Fahrt vor uns.«

Iris und Tino sind ein wenig enttäuscht. Zu gerne hätten sie weitere Geschichten gehört. Aber sie haben Verständnis dafür, dass der Fahrer der Gruppe sich ausruhen muss. Nach und nach werden die Decken und Schlafsäcke hervorgeholt.

Die Reisenden wünschen sich gegenseitig eine gute Nacht. Das Feuer flackert und spendet Wärme. Auch Iris und Tino merken, wie sie die Müdigkeit übermannt. Bald schlafen alle. Über ihnen wacht ein heller Stern.

Der Morgen dämmert bereits, als Stimmen an Iris Ohren dringen.

Schläfrig reibt sie sich die Augen. Sie blickt über den Lagerplatz. Das Lagerfeuer ist längst erloschen. Sie sieht, dass Michael, Nango, François und Juli, gerade den Pick-up mit ihren Rucksäcken beladen. Der Ersatzreifen ist bereits montiert. Iris schlüpft aus ihrem Schlafsack. Sie rüttelt Tino wach, der noch tief und fest in seinem Schlafsack schlummert. Tino braucht einen Moment, um zu sich zu kommen.

»Wir sollten uns verabschieden«, sagt Iris.

Tino schält sich aus seinem Schlafsack. Da kommen auch schon Juli und François auf die beiden zu. In ihrer Mitte ist Joseph Omondi.

»Schön, dass wir euch kennengelernt haben«, sagt Juli zu Iris.

François reicht Tino seine Visitenkarte.

»Wenn ihr mal in Paris seid, dann besucht uns. Wir würden uns freuen!«

»Gerne«, antwortet Iris.

»Wir bringen auch ein paar Geschichten mit«, ergänzt Tino.

Juli und François lächeln Tino an. Dann schließen sie sich den anderen an. Sie machen es sich auf der Ladefläche des Pick-up gemütlich. Joseph Omondi reicht Iris und Tino die Hand.

»Danke«, sagt er. »Ohne euch hätten wir Mühe gehabt, an einen Ersatzreifen zu kommen.«

»Wir waren einfach zur richtigen Zeit am richtigen Ort«, sagt Tino.

Joseph Omondi nickt und sagt: »Ich wünsche euch, dass ihr in Afrika viele Geschichten für eure Bücher findet.«

Dann wendet er sich ab. Akim wartet bereits schweigend

auf dem Beifahrersitz. Joseph Omondi setzt sich hinter das Steuer seines Autos. Er dreht den Zündschlüssel um und gibt Gas. Der Geschichtensammler hupt noch einmal. Die anderen winken Iris und Tino zu. Schließlich verschwindet der Pick-up in einer Wolke aus Staub.

»Es ist an der Zeit, sich auf den Weg zu machen«, sagt Tino schließlich. Die beiden öffnen die Türen ihres Jeeps. Aber was ist das? Auf dem Fahrersitz liegt etwas. Zweifellos ist es von Joseph Omondi, denn es ist eine Kassette. Ohne groß zu überlegen legt Tino die Kassette in den Recorder ihres Autos ein. Auf der Kassette ist keine Musik. Da sind Stimmen. Die Stimmen kommen ihnen bekannt vor. Iris und Tino werfen sich einen Blick zu. Das sind die Geschichten, die der Geschichtensammler in der Nacht zuvor am Lagerfeuer aufgenommen hat! Iris betrachtet die Hülle der Kassette, auf die ein Stern gezeichnet wurde.

Der Stern über Afrika …